JN199370

ショートショートの小箱2

切手の贈り物

目代 雄一

書肆侃侃房

切手の贈り物

目次

Ⅰ章

切手の贈り物

Ⅱ章　運命の人

Ⅲ章　勝利の女神

Ⅰ章　切手の贈り物

純ちゃんとの別れ

「ひと言ご挨拶を申し上げます。本日はお足元のお悪い中……──」

喪主が、低く沈んだ声で挨拶を始めた。

「信じられない不運に見舞われました。駐車場で車と車の間を出ていったところ、急発進した別の車にはねられて……」

こいつが純ちゃんと暮らしていたのか。

俺は、嫉妬で胸が張り裂けそうだった。

純ちゃんは突然の事故だったこともあり、参列者はかなりの人数だ。

会社関係の男たちは、育ちのよさそうなイケメンが多い。

女たちも知性的で有能な感じがする。

この一流企業らしいレベルを見ると、フリーターの俺は自信を失ってしまう。

だから、純ちゃんは俺を選ばなかったのかもしれない。

俺と純ちゃんはスキーにも行った。

あのときは本当に楽しかった。

その晩は酒を飲み、カラオケでデュエットも楽しんで……。

でも、それ以上のことはなかった。

あせった俺は、次のデートで映画を観た後、お洒落なレストランで告白したのだが……。

結局は、やんわりと断られてしまった。

純ちゃんは、その数ヵ月後に結婚したのだ。

俺の哀れで空しい片思いは終わった。

まあ、世間的に見たら当然の結末なのかもしれない。

「今後は残されました私どもに対しても、変わらぬお付き合いをどうぞよろしく……」

やんでいた雨がまた降り出した。

俺の心には、ずっと雨が降り続いている。

さようなら純ちゃん。

いつも整った眉に、さりげなく遊ばせていた髪がセクシーだったよ。

「最後になりますが、夫の純一郎に代わりまして皆様のご健康とご多幸を……」

純ちゃんの妻が、涙で声を詰まらせた。

三郎さんを送る

時計屋の三郎が亡くなった。
西口商店街では、その通夜がしめやかに行われていた。
――三郎さん、本当にお世話になりました。
誠は、中学を出て初めて西口そばを訪ねたときのことを思い出していた。
「坊主、何でうちの店に？」
そば屋の主人の眉がピクリと動いた。
「お父さんが急に亡くなって、働くことにしました。それで、評判を聞いて弟子入りたくて」

「感心だね。で、うちのそばを食べたのかい？」

「……いえ」

「食べてもないのに弟子になりたいのか？」

大柄な主人が首をひねった。

肩を落とした誠に、そばを食べていた時計屋の三郎が近寄ってきた。

「とっさに何か言わなきゃ。嘘も方便だよ。君は試されているんだから」

三郎からは大人の男の匂いがした。

それは、誠の亡くなった父の匂いと同じだった。

翌日、再び店を訪ねた誠はそばを注文した。

「味はどうだった？」

「はい、美味しかったです」

「どう美味しかったのかな？」

「それは……」

その後も毎日通う誠に、やっと弟子入りの許可が下りた。

常連の三郎は、その後も誠を励ますと同時に、そば通としての厳しい助言も与え続けた。誠はめきめきと腕を上げ、ついには西口そばの二代目を任されるまでになったのである。

その晴れの日のこと。

三郎は誠に祝いの腕時計を贈った。

ピピッ。

「こんなアラームがついた高価なものを」

「ほう、嘘も方便が言えだしたね」

「そんな……一生、大切に使わせていただきます」

三郎はますます店をひいきにしてくれた。

「君は嘘がつけないからね。まあ、そこがいいのだが、商売人は嘘も方便だよ」

三郎は、人気のないシャッター商店街にしないための活動にも熱心だった。

錆びたアーチの修復やカラー舗装、ロゴマーク作りなどである。

だが、時とともに駅地下のショッピング街化が進み、西口商店街は以前の華やかさを失っていった。

三郎の遺体が発見されたのは、死後一週間も経ってのことだった。

三郎は子宝に恵まれず、妻も数年前に他界していたのだ。そんな事情もあり、通夜には重い空気が漂っていた。

住職も帰り終わりが近づいたころ、ふだんは寡黙な誠が話の口火を切った。

「皆さん、聞いてください。三郎さんは一週間前、つまり亡くなった日のお昼に、うちの店にきてくれました。三郎さんはかけそばを食べた後、『かけはそばが泳いでなくっちゃ。今日のつゆは旨いが奥行きのある味ではなかったね』と、つぶやかれました。厳しい評価ですが、私にとってはありがたい助言です。本当に惜しい方を失くしました」

ピピッ。

誠の古びた腕時計が鳴った。

最近は、設定していないのに鳴ることもたまにあったのだ。

誠の言葉をきっかけとして、皆が口を開き始めた。

「ここのとこシャッターが閉まっていたけど、そばを食べに行く元気があったのか」

「最後まで現役でポックリなんて理想だよ」

「中学生にも自転車を降りるよう、ていねいに頭を下げていた姿が忘れられないなあ」
思い出話は深夜まで続いた。
葬儀の日、誠は赤い眼で遺影を見つめた。
線香の匂いがして、読経の声だけが響いている。
——三郎さん、通夜の席では失礼しました。
誠は三郎の遺影に深々と礼をして手を合わせた。
——でも、嘘も方便ですよね。
三郎は、もう一ヵ月以上も店にはきていなかったのだ。
ピピッ。
こくりとうなずいた誠は、立ったまま声を殺して泣いた。

切手の贈り物

女子大生の香奈は、恋人の慎一のことで落ち込んでいた。

その理由は二つ。

一つは、慎一が一度も「好き」と言ってくれないこと。

もう一つは、香奈が「今年のクリスマスは指輪がほしいな」と冗談で甘えると、慎一は怒ったようにそっぽを向いたことである。

画家志望の慎一は、唯一の趣味として切手を集めていた。小さな芸術ともいえる切手から、デザインを学んでいたのだ。慎一の切手は、どれもバラの一枚だけ。シートではないので、金銭的にはたいした価値はなかった。そもそもアルバイトに明け暮れる苦学生の慎一には、指輪を買うような余裕はないのである。

そんな折、友人から思いもよらない電話があった。

「えっ！　そんなのウソよ。ウソでしょう。ねえ、ウソだと言って！」

慎一が、突然の交通事故で亡くなったという知らせだった。

通夜の席も葬儀の日も、香奈はただただ泣くばかり。

涙が涸《か》れたころには、もう生きる希望を失っていた。病院で睡眠薬をもらったものの、適量を飲んでゆっくり休むつもりはなかったのだ。

そして、クリスマスの日がやってきた。

香奈は、慎一のもとへと旅立ちたいという気持ちに駆られ始めていた。

――天国で慎一さんに好きと言ってもらうの。そして指輪のことも謝りたい。

香奈は、無意識に袋から睡眠薬を全部取り出した。

そのとき、玄関のチャイムが鳴り宅配便が届いた。

「えっ！　慎一さんから？」

生前の慎一が、配送日を指定していた小包だった。

香奈が急いで開けると、思わぬ二つのものが入っていた。

初めに手にしたのは「ふるさと切手」を貼りつけたカード。それにはきれいな花の切手が並んでいた。

カキツバタ（愛知県）、ナノハナ（千葉県）、スイセン（福井県）、キリ（岩手県）、デイゴ（沖縄県）スダチノハナ（徳島県）。

カードの隅には『メリークリスマス！　花の名前に僕の気持ちを織り込みました。』と、見慣れた字があった。

――慎一さんの手作りカードなのね。気持ちを織り込んだというのは……。

香奈は、頭の一文字だけをつなげて読んでみた。

――カナスキデス。

香奈の頬がピンクに染まった。

もう一つ入っていたのは「フレーム切手」。

これは、自分の好きなイラストや写真で作成できる、オリジナルのマイ切手だ。

――慎一さんらしい切手の贈り物で、ワタシに気持ちを伝えてくれた。それに世界で一つだけの切手シートまで……。

生気を取りもどした香奈の目には、たくさんの手描きの指輪が映っていた。

恩返し

スーパーで買い物をすませた幸子は、宝くじを買おうとしていた。

――今回はジャンボだから、大きく当たれば人生が変わるわ。

中年の主婦である幸子のささやかな楽しみだった。

大当たりの確率はとてつもなく低いが、買う以上ゼロではない。

――もし当たったら、せこいパートを辞めて、賞味期限切れの夫とも別れるわ。それと小奇麗なマンションでも買って、リッチな海外旅行もしたいな。それから株も始めて、その儲けでホストクラブにも行ってみたいわね。ワタシは、まだ女を捨ててはいないのよ。

「うふふ」

店を出て駐車場を横切ると売り場があった。

――あら、あれは何かしら？

売り場の前に何かが横たわっていた。

近寄ってみるとスズメだった。手に取ると、小さな足と羽根を微かに動かしている。

――まだ子スズメね。何かにぶつかって脳震盪でも起こしたのかしら。

幸子は宝くじを買うのをやめ、子スズメを家に連れて帰った。

――助けてやると恩返しをしてくれるかも。

「うふふ」

鳥かごに入れ部屋を暖かくしてやると、子スズメはチュンと鳴いた。

――よしよし、明日は逃がしてあげるからね。

翌日のこと。

幸子は、子スズメを連れてスーパーの近くまでやってきた。見上げると、電線にスズメがたくさんとまっている。

——まあ、お迎えにきたのね。

笑顔の幸子が鳥かごを開けると、子スズメはチュンと鳴いて仲間のほうへ飛んでいった。

するとチュンチュンの合唱が始まった。

——スズメの言葉はわからないけど、たぶん、お礼を言ってくれているのね。よし、こういう日にこそ宝くじを買わないと。

幸子が売り場に向かうと、スズメたちはさっきよりも大きな声で鳴き始めた。

——そういえば、舌切りスズメの話もあったわね。確か……やさしいお爺さんのつづらには、金銀小判が詰まっていたのよね。昔からスズメは不思議な力を持っているはずよ。

チュンチュンの大合唱は、とぎれることなく続いている。

——ワタシには、買いなさい、買いなさいって聞こえるわ。

「うふふ」

幸子は、宝くじをいつもよりかなり多めに買った。

「チュン」

「チュンチュン」

電線の上では、子スズメと母スズメが話をしていた。

「お母さん、お世話になった幸子さんへの恩返しは？」

「もうしたわよ」

「どんな？」

「マル秘情報を教えてあげたのよ」

「マル秘情報って？」

「あの店で買っても絶対に当たらないから、安心して買いなさいということよ」

「どうしてそれが恩返しなの？」

母スズメは、羽を小刻みに震わせながら答えた。

「幸子さんという人は、大きく当たると人生が狂うタイプなの。だからこれでいいのよ」

バアバの日記

一月一日の夜のこと。

「ねぇママ、バアバのこれ読んで」

幼い達也が、おばあちゃんの日記帳を持ってきた。

「読んでいいのかしら？」

「うん。バアバはね、ボケないように今日から書くことにしたって」

「そう、それはいいことね」

ママがゆっくりと読み始めた。

「肩こりの薬をぬっていたら、肌がひきつってきた。変だと思ってよく見たら、薬ではなく棒状の糊《のり》だった」

「アハハ」

「ウフフ」


一月二日の夜のこと。

「ねぇママ、バアバのこれ読んで」

「いいわよ」

「今日はボクも出てくるよ」

「あら、それは楽しみね」

ママがゆっくりと読み始めた。

「インコにエサをやっていると、急に逃げられてしまった。家中さがし回ったけど、見つからなかった。しばらくして、あたしの髪の毛の中にいるのを達也が見つけた」

「アハハ」

「ウフフ」

一月三日の夜のこと。

「ねぇママ、バアバのこれ読んで」

「いいわよ」

「今日はママが出てくるよ」

「あら、それは楽しみね」

ママがゆっくりと読み始めた。

「宅急便のお兄さんが、三円をくださいと何度も言うので、仕方なくあげると変な顔をした。嫁が言うには、サインをくださいと言っていたらしい」

「アハハ」

「ウフフ」


そして、一月四日の夜のこと。

「ねぇママ、バアバのこれ読んで」

「いいわよ」

「ババはね、三日坊主にならなかったと言っていたよ」

「そうね、毎日ちゃんと書いているから、絶対にボケたりしないでしょうね」

ママがゆっくりと読み始めた。

「肩こりの薬をぬっていたら、肌がひきつってきた。変だと思ってよく見たら、薬ではなく棒状の糊だった」

「……」

「……」

狸話

楽しい、楽しい夏休みのこと。

田舎の実家に遊びにきていた聡は、宿題を済ますと夕暮れまで遊びまわった。夜もきれいな星空に興奮した聡は、なかなか眠ることができなかった。聡はまだ一年生なので、爺ちゃんがきて昔話を始めた。

子守唄代わりの狸の話である。

「わしが若いころのことだ。あれは雨上がりの晩だった。山道を歩いていると、ザワザワと風が吹き、ポンポコポンと奇妙な音が聞こえてきたんだ。すると着物姿の娘たちが大勢現れて、楽しそうに踊り始めたのだよ。皆、きれいな娘ばかりだった。わしが見とれていると、「あっちへ行こう、いやこっちのほうへ」と、山の中を連れ回されたのだよ。途中に橋があると「おんぶして」と、甘えた声を出してきて、一人、また一人と背中に乗ってきたのだよ。橋といっても、ゆらゆら揺れるかずら橋だ。これは狸に化かされているとわかったのだよ。わしは、娘たちを振り払って家まで走りに走った。家に着くと、すぐに愛犬のカヨをけしかけてやった。天敵の犬を見た娘たちは、隠していた尻尾をポロンと出した。そして、あわてて山へ逃げ帰ったのだよ」

「まあ、聡ちゃんにそんな与太話を」

突然、婆ちゃんが障子を開けて入ってきた。

「あんたねえ、自分が女遊びしたことを全部狸の話にして。愛犬のカヨ？　カヨはあたしの名前じゃないの。おまけにそれを聡ちゃんに語るとは何事よ！　だいたいあんたは昔から……」

婆ちゃんは、むっとした顔で爺ちゃんを責めたてた。

昼間の穏やかな婆ちゃんとは別人だ。

婆ちゃんは、話し終えると乱暴に障子を閉めて出ていった。

聡と爺ちゃんは黙って床に就いた。

翌朝のこと。

聡が目覚めると、枕元に爺ちゃんが座っていた。

「聡、おはよう。夕べのことだがな……」

「婆ちゃんが怒っていたこと？」

「そうだ、あれは婆ちゃんではないぞ」

「えっ？」

「あれは狸だ。狸は娘だけではなく、婆さんに化けることもあるのだよ」

「えー！」

聡はあんぐりと口を開けた。

「ボクも狸に化かされたの？」

「狐七化け、狸は八化けと言うのだよ。昔から狸は化けるのが上手いからな」

爺ちゃんがこくりとうなずいた。

「ねぇ、爺ちゃん。狸の言ってた女遊びってどういうこと？」

「お、女……」

爺ちゃんが口ごもり、ぽっかりと奇妙な間が空いた。やがて、爺ちゃんは座ったままで目を閉じてしまった。

スーッと障子が開き、婆ちゃんが入ってきた。今朝はいつもの穏やかな顔をしている。

「二人とも黙ってどうしたの？」

「ボクが女遊びのことを訊いたら、目をつぶって何も言わなくなったんだ。ひょっとして、狸がまた悪さをしたのかもしれない」

婆ちゃんが「あはは」と笑って首を振った。

「聡ちゃん、狸が化かすなんてことはないのよ」

「でも、爺ちゃんが急にこっくりこっくりとしてるよ」

「もう、この人ったら……」

婆ちゃんが小さくフンと鼻を鳴らした。

「聡ちゃん、こういうのを狸寝入りというのよ」

コンビニ強盗

「おい、金を出せ！」

平日の午後三時頃のこと。

サングラスにマスクをした中年の男が、拳銃を出してレジの店員を脅した。

それを見た店長の前田は、昨日のオーナーの言葉を思い出していた。

「前田君、ここだけのマル秘の話だ。今週中に防犯訓練をすることにした。警察も協力してくれて、マスコミの取材も入る。店員には予告なしの訓練だ。店長として頼んだぞ」

――今日が訓練だったのか。しかも、オーナー自ら変装している。それにしても拳銃なんてアメリカみたいだな。

今日のシフトはフリーターの陽太だった。

――正社員候補の陽太はうまく対応できるかな。

強盗が陽太に銃口を押し付けた。

陽太は目をパチクリさせるばかりだ。

ニヤリとした強盗は、黒いバッグをカウンターに置いた。

「これに金を入れろ！　早くしないと命はないぞ！」

――迫真の演技だ。オーナーはなかなかの役者だよ。

陽太は、震える手でレジの金をバッグに入れ始めた。

――おいおい、足元に緊急ボタンがあるだろう。お客様の安全にも、もっと気を配らないと……。

前田は仕方なく自分の足を伸ばしてボタンを押した。

ジリリリリ！　キンコンキンコン……。

あわてた強盗は、バッグを手に一目散に出口に向かった。

「陽太！　追いかけてカラーボールを投げつけろ！」

しかし、陽太は腰を抜かしていた。

――ああ、もう見ちゃいられない。

前田は自らカラーボールを握ると強盗を追った。

そして店を出たところで思いっきり投げつけた。

ボールは狙い通り強盗の足元に命中し、赤い特殊な塗料が飛び散った。

「陽太！　110番だ！　早くしろ！」

やっと陽太がスマホを取り出した。

数分後には警察が駆けつけた。

警官は、犯人の特徴について陽太に質問した。

ここでも陽太はしどろもどろで要領を得ず、前田がフォローすることになった。

さらに新聞記者がやってきたので、前田はその対応までする羽目になってしまった。

――オーナーも警官も新聞記者も、緊張感を持ったいい訓練ができている。それに比べて陽太ときたら……。

翌朝、前田が出勤するとオーナーが出迎えた。

「前田君、昨日は大活躍だったな」

「はあ、でも、陽太は全く使い物にならなくて……」

「私も本当に驚いたよ」

目を細めたオーナーが、手にしていた朝刊の記事を指差した。

「えっ！」

思わぬ見出しが前田の目に飛び込んできた。

『コンビニ強盗即日逮捕　店長が冷静な対応』

「こ、これって……」

「昨日の強盗は、指名手配中の凶暴なヤツらしい。追い詰めた警官が撃たれて重体のようだ」

オーナーがほっと胸をなでおろした。

前田は目をパチクリさせながら、へなへなと腰を抜かした。

山の上の刑務所

ここは辺境の地にある「山の上の刑務所」。

長引く不況のため犯罪者が急増し、刑務所は満杯だった。

おまけに脱走も度重なり、社会に不安を与えていたのである。

強面の所長が、主任看守を呼びつけて言った。

「来週は議員さんが視察においでる。絶対に脱走者が出ないような対策を考えろ」

「受刑者は、毎日いびられて不満がたまっています。施設もかなり老朽化していて、危機管理上の課題が山積しています。まずはそれらを改善しないと……」

メガネをかけた主任看守が答えた。

「危機管理では、いくつか改善してやっただろう」

「監視カメラのモニターを工場にも設置したことでしょう。他の国ではあたりまえのことです。塀に、脱走を感知する赤外線センサーをつけることは実現しませんでした。所長室はきれいにリフォームされたようですが……」

「偉そうなことを言うな。モニターの設置は、私が有力な議員さんに賄賂を贈った成果だ。私の手柄だよ。来週はそのお方が視察においでる。あの議員さんのご機嫌を損ねたら、もう予算はつかないぞ」

「はあ……」

「だから金のかからないアイデアを出せ。いいか、期限は明日までだ！」

所長が腕を伸ばして主任看守の頭を張ると、メガネが床に落ちた。

翌日のこと。

主任看守がやってきてメモを見せた。

刑務所を囲む塀の絵が描かれている。

「所長、このように塀を削ることにしました。てっぺんまで、手と足がかかるくらいの凹みを作るのです」

「そんなことをしたら、塀を簡単に登れてしまうぞ」

「それがねらいです。脱獄者は必ずこの凹ませた塀の下にくるはずです。そこに落とし穴を掘っておくのです」

「なるほど」

「大きくて深い穴を掘る予定です」

「よし、いいだろう。そうだ、穴の中には毒蛇を入れろ。この山にはかなりいるからな」

「法的に死刑は禁止されていますが……」

「これは死刑ではなく事故だ。金があれば地雷を埋めておきたいくらいだよ。亡くなれば人減らしにもなる」

「そんな……」

所長がすっと身体を寄せてきて、声をひそめた。

「この対策なら、あの議員さんも喜びそうだ。後の準備は君だけに任す。このことはトップシークレットだぞ」

視察当日のこと。

くしゃくしゃの天然パーマの議員がやってきた。

丁重なお迎えをした所長は、議員を所長室に招き入れた。

議員は、本革のソファーにどさりと腰を下ろした。

所長は最高級のワインを注ぎながら言った。

「脱走対策として、塀に画期的な仕掛けをしました。今からご案内を」

ジリリリリ！

突然に大きな音がした。

非常ベルの音だ。

壁のパネルを見ると、工場を示すランプが点滅している。

「申し訳ありません。非常時なので私も見にいってきます」

工場は、受刑者が刑務作業をしている場所だ。

所長の頭の中で危険信号が点滅した。

他の看守たちも必死で工場へ向かっていた。着いてみると、原因は単純なミスだった。工場担当の看守が換気扇を動かすように指示したところ、新入りの受刑者が非常ベルを押してしまったのである。

「脱走ではなかったか」

胸をなでおろした所長は、すぐに内線で議員に報告を入れた。

「単純なミスとは残念なことだな。今からその指導を徹底してくれ。それと急用が入ったので、施設見学は中止だ。この美味いワインを飲んだら帰ることにするよ」

「ぜひ、塀の仕掛けのことだけでも……」

「帰りに見ておくよ。見送りはいいからね」

議員がきっぱりと告げた。

小鼻を膨らませた所長が電話を置いた。

所長はモニターを背にすると、いらついた声で命令した。

「おい、こいつを可愛がってやれ」

看守たちが、ミスをした新入りの受刑者を取り囲んだ。

山の上の刑務所ではよくあることだ。

看守たちは手加減なく受刑者をいびり始めて……。

そのころワインを空けた議員は、赤ら顔の千鳥足で出口に向かっていた。

——そういえば、所長が画期的な仕掛けと言っていたな。

塀のほうをチラッと見た議員は「はて、あの凹みは？」と、そのくしゃくしゃの頭をかしげた。

その数分後のこと。

「所長、塀の近くで議員さんが消えました。地面に大きな穴が空いています」

一人の看守がモニター画面を指さした。

驚いた所長が振り返ると、画面には塀と落とし穴が映っていた。

よく見ると、穴にしがみつこうとする両手と、くしゃくしゃの頭だけが動いていた。

「大変だ！　は、早く助けに行け！」

看守たちがあわてて工場を走り出た。

「所長、あの穴に落ちたらもう終わりです」

主任看守が暗い顔で言った。

「毒蛇のことか？」

「はい、ここには血清はありません。それに……」

「それに何だ？」

「実は、毒蛇をうようよと入れまして……」

主任看守が声を震わせた。

所長の心臓が跳ねた。

次の瞬間、くしゃくしゃの頭と両手が見えなくなった。

強面をくしゃりと歪めた所長は、へなへなとその場に崩れ落ちた。


その後、所長はこの事故の責任者として逮捕された。

被害者が有力な議員だったこともあり、所長にはすぐに終身刑の判決が下った。

受刑者になった所長は、山の上の刑務所で今日もいびられている。

手本となる大人

私は、教え子の悟の披露宴に招待された。
こぢんまりした会場なので、アットホームな雰囲気の祝宴だ。
悟は体格のいい青年に成長し、可愛らしいお嫁さんと幸せいっぱいの様子である。
仲人は昔気質の大工の棟梁。
棟梁のスピーチによると、悟の母親はすでに亡くなっているという。
六年生のときの担任だった私にとって、当時の悟は一番の問題児だった。
四月の引き継ぎでは、前の担任が「殺人と放火以外は全てやった子です」と、眉をしかめていた。

そもそも、悟との初めての出会いは四月ではなく五月。

児童相談所からもどされてのスタートだったのだ。

引き継ぎの言葉どおり、悟は多くの問題行動をくり返した。

そして夏休みに入ると、火遊びで公民館を焼いてしまったのだ。

ついに放火にまで……。

そのことで、仮設事務所のようなプレハブが公民館となってしまった。私は転勤して久しいが、今もプレハブのままなのだろうか。

それにしても、あのときは本当にまいった。

ふだんは温厚な校長も激怒していた。

校長は町内会の集まりに呼ばれ、かなり文句を言われたらしい。

しかし、悟の劣悪な家庭環境を考えれば同情の余地はあった。

父親からの虐待のため、母親と二人で逃げてきた悟。

その母親も、参観日やＰＴＡ行事も全く参加しなかった。

私はスクールカウンセラーの助言に従い、悟と母親の自尊感情を高める取り組みを続けた。

「いいことは電話で、悪いことは家庭訪問で報告を」というアドバイスもあり、実行に移した。

報告はほとんど悪いことなので、何度悟の家を訪ねたことか。

そんなとき、母親は終始硬い表情で聞いているだけだった。

電話では「今日は宿題をやってきた」、「友達とケンカしなかった」、「掃除が最後までできた」など、ごくごくあたり前のことしか話すことがなかった。

私としては些細なことでもほめ続けたのだが、そのときの母親の反応はいま一つだった。

ときには電話で長い沈黙が続くこともあった。

きっとあの無愛想な顔で、早く終わってくれと思っていたのだろう。

いつまでたっても、母親は心を開くことはなかったのである。

「子は親の鏡」とはよくいったものだ。

虐待をした父親もそうだが、悟のまわりに手本となる大人が誰もいなかったのだ。

町内会の人たちも、あのニコリともしない母親に言っても仕方ないと思ったので、矛先を校長に向けたのではないか。

一番いい席に招待された私は、そんな嫌なことばかりを思い出していた。

やがて宴も終盤になり、感謝の花束贈呈になった。

当然のことながら、悟の両親は不在である。

あの棟梁が、仲人なのにその代役まで務めていたのだ。きっとこの方に弟子入りしたことで、悟の人生が開かれたのだろう。

そして、いよいよ悟の謝辞が始まった。

悟は、参列者への感謝の気持ちを自分の言葉で話していた。

この挨拶を聞けば、悟の成長がよくわかる。

手本となる大人の棟梁のもとで、いい人生勉強を積んでいるようだ。

挨拶が終わったら、大きな拍手をしてやろうと構えていたところ、「一つ報告をさせてもらいます」と悟が言った。

何と、あの焼けた公民館を建て直したというのだ。

休みの日にしかできない作業なので、三年もかけてのことだ。

お嫁さんもお弁当を届けて、できる作業は夜遅くまで手伝ったという。

こんなサプライズな話は、そうあるものではない。

期せずして、会場に拍手が沸き起こった。

横に座るお嫁さんは声を上げて泣いている。

「最後に、天国の母も……」

と、悟が続けた。

それによると、母親は過去に何かのトラウマがあり、学校や教師に対して恐怖を感じていたとのこと。

そのため学校に出向いても、どうしても校門から入ることができなかったらしい。

無理して入ると、パニックを起こすというのだ。

また、学校からの電話は悪い知らせばかりだったが、六年のときだけは違った。

母としてうれしい電話ばかりだった。

ときには、携帯を握ったまま声を殺して涙することもあったそうだ。

母親がそんな事情を抱えていたとは。

だからいつも硬い表情をしていたのか……。

帰り際のこと。

出口の金屏風の前には、母親の遺影を持つ悟が立っていた。

私は、悟を抱きしめてその大きな背中をさすった。

よくぞ、あの母親からこんな立派な青年に……。

隣のお嫁さんとは、かたい握手をかわした。

今日の主役であるお嫁さんは、また泣きじゃくりながら私の手を離そうとはしなかった。

「二人は若いのに、もう手本となる大人に成長していますね」

私は感極まっていた。

すると、悟が思わぬことを言った。

「いいえ、母にはとてもかないません。母こそが手本となる大人です」

「えっ、お母さんが手本？」

「はい。今日先生をご招待したことも、公民館を建て直したことも母の遺言だったのです」

「お母さんの遺言……」

「はい。病気になる前の母は、毎日公民館に通って掃除を続けていました」

「掃除も……」

私は、悟の持つ遺影に目を向けた。

写真の母親は、柔らかな微笑みを浮かべていた。

不思議な手紙

――そろそろだな。
掃除の時間が終わり、五時間目の授業が始まっていた。
校長は椅子から立ち上がると窓際に移動した。
そこからは運動場が一望できた。
校長の視線の先には、よたよたした足取りの老人がいた。
老人は、塀沿いの大きな木の前で立ち止まった。
若葉が輝く木は、老人に優しい木漏れ日をおくっていた。

ほどなく老人は木陰でまどろみ始めた。

校長が四月に着任して以来、ほぼ毎日のことである。

椅子にもどった校長は、机上の手紙を読み始めた。朝から何度も読み返していたものである。

『校長先生お願いです。どうか私を切らないでください。私を切ると砂場を広げることができるかもしれません。でも、私を切らないでください。私も村の子どもたちのために、これからもできることをがんばりますから』

——木が手紙を書くはずはないし、ひょっとしてあの老人だろうか。

校長は部屋を出ると、老人のところに向かった。

「お昼寝の途中にすみません」

校長は老人を起こして話し始めた。

老人は、校長の質問にぽつりぽつりと答えた。

「私は山本という近所の者で……この小学校の卒業生で……はい、大昔のことで……私が確か一年生のとき……よく思い出せませんが、何かの行事で苗木を植えまして……卒業のころにはかなり成長していて……はい、成人式で久しぶりに集まったときは、皆の背丈より高く立派に育っていました。そして何十年かが経ち、このような立派な大木になって……はい、この木を見るたび、私はなつかしい昔のことを思い出しております」

風もないのに、木の葉がカサカサとゆれた。

部屋にもどった校長は、教頭を呼び手紙を見せた。教頭も首をかしげるばかりだった。

「ひょっとして、砂場を広げることを誰かに言いましたか？」

「いいえ、次の職員会で提案する予定です」

「……ところであの老人を知っていますか？」

校長は窓の外を指さした。

「ご近所の山本さんです」

「うちの卒業生らしいですね」

「実は……最近は認知症がすすんでいるようです」

「そうですか。それは心配ですね。来校を控えていただくことも考えないと」

教頭は同意するようにうなずいた。

そして職員会の日がきた。

校長は教頭を呼ぶと、砂場を広げる提案をやめるように指示をした。

「何かありましたか？」

「これを見てほしいのです」

校長は、今朝届いたばかりの手紙を渡した。

『校長先生お願いです。どうか山本さんを来校禁止にしないでください。山本さんはとてもいい方です。山本さんが私の願いを伝えてくれたのですから』

二人は運動場に出ると、木に向かって歩き始めた。

「昨日、古株の民生委員さんが教えてくれまして……」

「何かわかりましたか？」

「昔、村で大きな交通事故があったようです。そのとき、残念ながら本校の子が亡くなりました。その供養のために苗木を植えたらしいのですよ」

「それがあの大木に育ったわけですね」

二人は、若葉が輝く木の前に立った。

「この木の由来を記した看板を作ろうと思います。それと、あの手紙のことは誰にも言わないでおきましょう」

「了解です。それがいいと思います」

校長は、目を閉じて木に手を合わせた。

教頭もそれに続いた。

――あなたを植えてから、ずっと交通事故ゼロが続いている村だと聞きました。これからも子どもたちを守ってくださいね。

風もないのに、木の葉がカサカサとゆれた。

感じる人

萌は、とある女子校の一年生。
生徒会活動をしている一見ふつうの娘だが、俗にいう「霊を感じる人」だった。
萌は、これまで何度も怖い体験をしていた。
病院、トンネル、古戦場などの、いわゆる心霊スポットでのことだ。
今の高校に入学してからは、三つある校舎のうちの北舎に不気味な霊を感じていた。
聞いた噂では、数年前に北舎で謎の転落事故が起こったという。
――それって、たぶん悪霊の仕業かもしれない。北舎はきっと心霊スポットだわ。

萌は、なるべく一人では北舎に行かないようにしていたのだが……。

「それでは、見回りの係を決めます」

生徒会長の言葉に萌の表情がこわばった。

――生徒会は五人いるから、五分の一の確率でワタシに当たるかも。

先週、北舎で不審者が目撃されていた。そこで放課後、生徒会で自主的に見回りをすることになったのである。

「放課後、都合が悪い人は手を挙げてください」

恵が一人だけ手を挙げた。恵は、遠くから電車通学をしている事情があった。

「では、残り四人が候補ですね」

萌の顔色がさっと変わった。

――四分の一の確率で当たるかも。

「会長のワタシは、他にも用事が多いから外れることにしますね」

この言葉で三人にしぼられた。萌と美咲と奈々である。

――とうとう三分の一の確率だわ。

萌はしばし、美咲と奈々を見比べた。

ゴホッ、ゴホッ。美咲が急に咳きこんだ。その顔は少し赤い。

――美咲も嫌がっているわ。

隣にいる奈々も涙目の暗い顔だった。

キーンコーンカーンコーン……。

「では、三人で決めておいてください」

三人は生徒会室に残された。話し合っても立候補があるはずもなく、結局三人で見回りをすることになった。

その翌日のこと。

萌が登校すると、生徒会長が寄ってきた。

「放課後の見回りを一人でお願いね」

「えっ！　何で？」

「それがね、美咲さんと奈々さんの二人ともインフルエンザでお休みなのよ」

萌はブルッと身体を震わせた。

――一人で北舎に行くなんて……。

キーンコーンカーンコーン……。

ついに、下校のチャイムが鳴った。

覚悟を決めた萌は、北舎の一階、二階、三階の順に見回りを始めた。主に教室やトイレといった場所だ。

そこに不審者の姿はなかったが、上の階に行くにつれ、萌は霊的なものの存在を強く感じていた。三階の音楽室に入った萌は、中舎に向いた窓を開けた。そこから、ベランダを端から端まで眺めたのだ。

——あれは落とし物かしら？

誰もいないベランダだったが、可愛い柄のハンカチが落ちていた。

——拾ってあげたらいいのだけど……。

萌は、何か悪いことが起こりそうな予感がしてならなかった。

——これ以上ここにいては危険。

窓をピシャリと閉めた萌は、中舎の生徒会室まで走った。

部屋には、生徒会長が一人いた。

「萌さん、今日の見回りはどうだった？」

「それが……」

「何だか顔色が悪いわよ」

「実は、三階のベランダがちょっと……」

「ベランダ？」

生徒会長の言葉がとぎれた。

「どうかしたのですか？」

「萌さん、ワタシについてきて」

生徒会長と萌は廊下に出た。廊下の窓からは北舎が見えた。

「よく見て」

「あっ！」

萌は思わず唾を呑んだ。

——でも、さっきは確かに……。

「あのね」

会長が言いにくそうに続けた。

「二年前、北舎で転落事故があったのよ。転落した子は亡くなってしまってね」

「転落事故……」

「そのあと、北舎のベランダは全て撤去されたのよ」

萌の身体中の血が逆流した。

——もし、ハンカチを拾おうとベランダに出ていたら……。

カタカタカタ……。

北舎からの風が、廊下の窓ガラスを不気味に震わせた。

Ⅱ章　運命の人

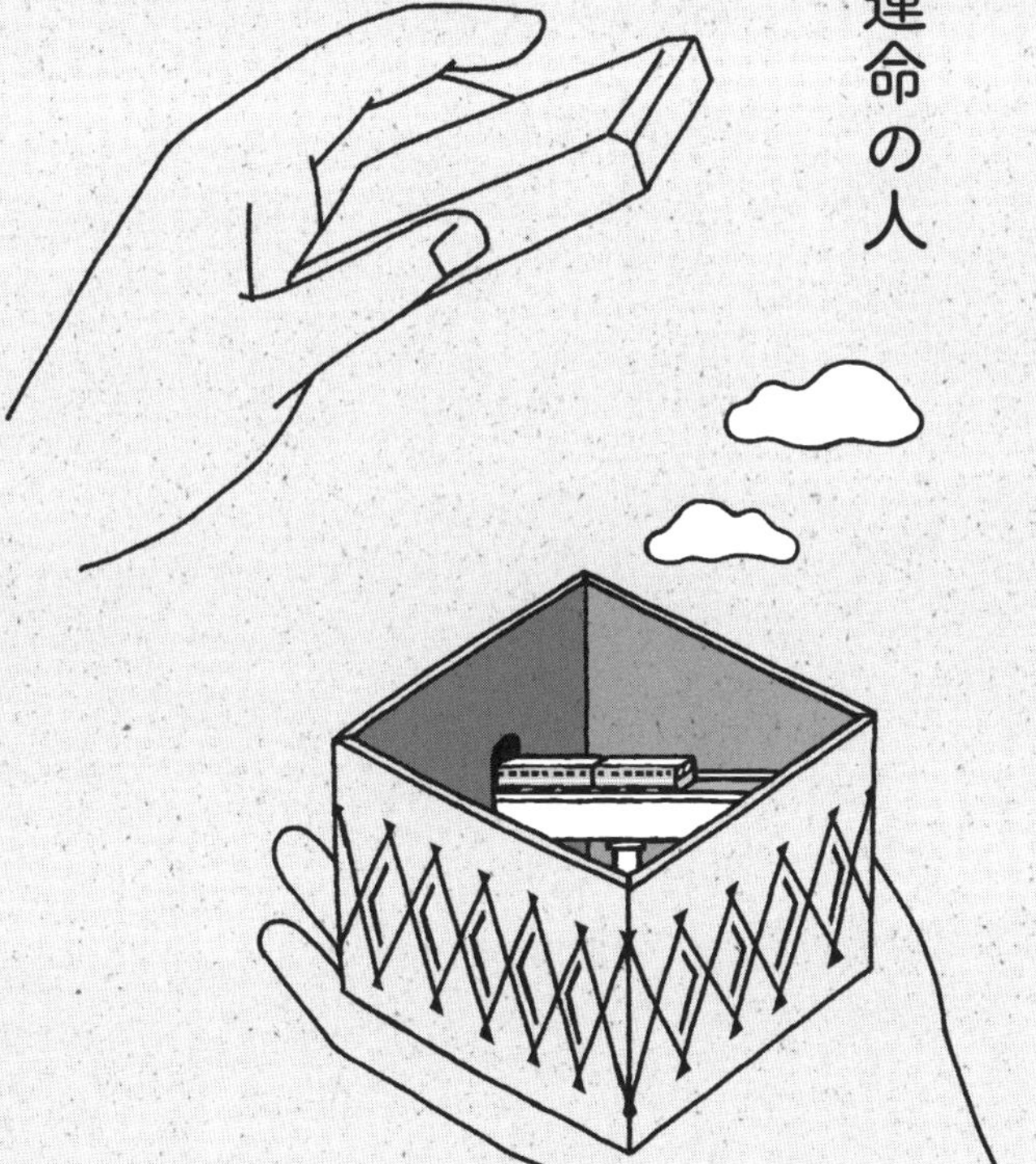

運命の人

——ワタシはずっと贈るばかりなのよね。
レジで会計を済ませた成美は、両手に重い荷物をさげて出口に向かった。
すると入ってきた子連れの若い男が、通り抜けるまでドアを支えて開けてくれた。
——こんなマッチョな人が好みだけど、子連れでは運命の人にはならないわ。
まだ独身の成美は、職場の代表で結婚祝いの品を買いにきていた。
今回も後輩のさくらに先を越された成美は、かなりあせっていたのだ。
店を出て駐輪場の横を歩いていると、大きな荷物がペダルに当たり自転車がドミノ倒しになってしまった。

それを見た学生服の少年たちが、すぐに元どおりにして去っていった。

――ありがとう。いい子たちね。でも、未成年の学生では運命の人とはいえない。

駅までの道のりは長く、荷物の重さと照りつける午後の日射しもきつかった。

成美は、少しだけコンビニの軒先で休むことにした、

「暑いですね。よかったらどうぞ」

高齢の男が、まろやかな声で小さなサイズの缶ジュースを差し出した。

「さっき買い間違えたものですから、気にしなくていいですよ」

――上品ないい人だわ。高そうな犬を連れているし、高齢のお金持ちは余裕があるのね。でも、おじいちゃんではムリ。

駅に着くとすぐに電車がきた。

――今日はラッキーなことが多いわ。この流れだと、車内で運命の人との出会いがあるかもしれない。そういえば、さくらも通勤中にナンパされたって言っていたわ。

電車はいつもより混んでいた。両手の重い荷物のせいで吊り革にもつかまれない。

前の三人掛けシートには、見るからに怖そうな男たちが座っていた。

スキンヘッドで強面の中年男、角刈りで鋭い目つきの会社員、金髪で眉なしのヤンキーという三人だ。

「次で降りますからどうぞ」

会社員が渋い声で席を譲ってくれた。

――会社員は見かけによらずいい人だった。席は中年男とヤンキーの間だけど、さくらへの祝いの品が重くて、もう限界だから……。

シートに座った成美は、体中のセンサーを稼動させて会社員を観察した。

――歳はワタシより少し上、長身、筋肉質、上品なコロンの香り、高級な腕時計、そして何より左の薬指に指輪がない……。

次の駅で降りる会社員に会釈した成美は、その姿をずっと目で追った。

――歩く姿も堂々としていてステキ。あっ！

会社員は、改札口に向かわず駅のベンチに腰掛けた。その鋭い目線はちょうど成美のほうに向いている。

成美は、ぽっと頬を染めた。

――運命の人だ！

成美はすっくと席を立った。
——ついに出会えた。
成美は、閉まりかけたドアを体でこじ開けてホームに出た。
——絶対にこのチャンスを逃がしてなるものか。
そのとき、「遅くなってごめんなさい」という若い女の声がした。
肩にかかる艶やかな髪が揺れている。
女は、甘えるような仕草で会社員の横に座った。
微笑む口元に、恋する女のまぶしさがこぼれた。
——さ、さくら……。
成美の手から、どさっと重い荷物が落ちた。
「さくらちゃん、どうもです」
目を細めた会社員は、だらしなくにやけていた。

WANTED

酒場の扉が開き、カウボーイハットの男が入ってきた。

賞金稼ぎのリーだ。

リーは西部一の早撃ちで、お尋ね者の首を取り報酬を得ていた。

この時代、法の力が十分に及ばない地域もあり、保安官の質もピンキリだったので、リーのような賞金稼ぎが少なからずいたのである。

――WANTED（お尋ね者）のポスターどおりだ。ヤツを撃てば千ドルか。

リーは千ドルを手にして故郷に帰り、ハニーにプロポーズするつもりだった。

ハニーは艶っぽい酒場の女。

どことなく崩れた感じもあるが、そういうところが得も言われぬ魅力の女だった。

いつも「あたしの恋人はお金なの」と、口癖のように言っている。

——この千ドルでハニーが手に入る。

リーの視線の先には、お尋ね者のジャックがいた。

——昼間からかなり酔っている。チャンスだ。

「うあっ！」

——しまった。仲間がいたのか。

リーはその背中に銃を突きつけられていた。

手を挙げ、唇をぎゅっと結んだリーにジャックが近づいてきた。

「このまま死ぬか？　それとも俺の用心棒になるか？」

ドスの利いた声だった。

リーは用心棒になることを承知した。

「お前は俺の十人目の用心棒だ」

ジャックが得意げに言った。

他の九人も、リーのような賞金稼ぎだったのである。

――この十人で結束すれば、ジャックを殺すのは簡単だが、分け前が十分の一になってしまう。それではハニーを口説けない……。

リーがそう思っていた最中、肌が浅黒い用心棒がジャックを撃った。ジャックはあえなく事切れた。

次の瞬間、他の九人の銃も火を噴き、肌が浅黒い男も倒れた。

もちろん、それだけでは終わらなかった。その後も、九人の用心棒たちの激しい撃ち合いが続いたのだ。そして、最後は早撃ちのリーだけが生き残ったのである。

――よし、千ドルは丸ごといただきだ。

リーはジャックの遺体を馬車に積み、土埃のたつ道を保安官詰め所に向かった。

物陰からその一部始終を見ていた男がつぶやいた。

「ふふ、いい展開になったな」

懸賞金を手にしたリーは酒場にもどってきた。

高い酒を頼み、祝杯をあげようとしたそのときのこと。酒場の扉が開き、胸にバッジをつけた男が入ってきた。この街の保安官である。

保安官はリーに向けて銃を構えた。

「おい、なぜだ？」

呆然と立ちつくすリーに、保安官が近寄ってきた。

「無実の人間を何人も殺しただろう。お前は縛り首だ。ふふ、懸賞金は私が預かってやる」

保安官の細めた目の底が光った。

パーン！という拳銃の乾いた音がした。

床に倒れたのは保安官のほうだった。

――ふぅ、危機一髪だった。こいつはジャックの上をいく悪徳保安官だ。

リーは足早に酒場を立ち去った。

そして、一週間後のこと。

リーは故郷の酒場にいた。

雑然としたざわめきの中で、ハニーを口説いていたのだ。

「なあ、いいだろう」

「そうね……ずっとこの街にいてくれる？」

「ああ、賞金稼ぎでは命がいくつあっても足りないからな」

「証拠を見せて」

リーは、愛用の銃と千ドルの束をカウンターに置いた。

「銃も金もお前にやる。俺たちの未来を一つにしようぜ」

「うれしい言葉だけど……」

ハニーは素早く銃を手にすると、それをリーに向けた。

「お、おい」

「ゴメンね。あたしの恋人はお金なの」

パーン！という乾いた音がして、酒場のざわめきがピタリと止まった。

銃を置いたハニーが、隠していたポスターを出してきて見つめた。

『WANTED　保安官殺しのリー　懸賞金は二千ドル』

カレー対決

いよいよ運命の日がきた。

亡くなった師匠の遺言に従っての対決だ。

遺言は『私の死後、二人の弟子がカレーで腕比べをしてほしい。審査員は娘が指定した団体客全員。勝ったほうの弟子を新しいシェフとし、娘を嫁がせることにする』というものだった。

俺は、人気の「ビーフカレー」を作ることにした。

相手となる星野は、「チキンカレー」を選んだ。

娘の奈々さんに訊いたところ、団体客は三十一人で、その九割が男性とのこと。女性が多いとチキンが有利かもしれないが、これは好都合だ。おまけに、店としては珍しい外国人の団体らしい。

「カレーは世界的にも人気だし、三十一は奇数だから引き分けもありません。ちょうどいい設定になりました」

奈々さんはそう言ってにっこりとした。

いつものお日様みたいな笑顔だ。

星野は俺より十も年下の二番弟子だ。星野が初めて作ったカレーを食べた師匠は、ダメ出しをしていた。

最近では多少の進歩はしているようだが、まだこの俺様が負けるはずはない。

師匠も、あっさり俺を後継者に指名してくれてもよかったのに……。

までよ、星野はイラッとするくらいのイケメンだし、奈々さんと秘かにつき合っているという噂もある。

だから、二人の付き合いを止めさせるための対決かもしれないな。

うん、きっとそうだ。

俺は仕込みに三日、熟成には四日もかけた。具の牛肉も最高級品にして、野菜も旬のものを厳選した。今回だけは採算度外視だ。

星野は、思ったより落ち着いた感じで調理を続けている。まあ、奈々さんが祈るような眼で見ているのでカッコつけているのだろう。

星野は、スパイスを俺より少なめに使っていた。明らかにブレンドする実力がないということだ。

それではプロの仕事はできない。

具材の鶏ムネ肉も近くのスーパーで売っているようなもので、俺の牛肉をおびやかすレベルではない。

俺は、牛肉の旨みを引き出すスパイスの掛け合わせもマスターしているのだ。よし、甘い香りが際立ち大人の味わいになった。

とびきりの一皿が完成したぞ。

いよいよ、俺と星野のカレーが団体客に運ばれてゆく。

俺と星野は調理場で結果を待つことにした。カレーを運んでいくとき、奈々さんのポニーテールが左右に揺れていた。

このカワイイ娘がもうすぐ俺の妻になる。

父である師匠を尊敬している娘だから、多少ファザコン的なところもあるだろう。

すぐに俺の大人の魅力にとりことなり、愛が深まってゆくだろうな。

「ふふふ……」


「ありえないんですけど、三十一対ゼロでした」

奈々さんが、足取りも軽くスコアを伝えにきた。予想を上回る圧勝だ。

星野が笑みを浮かべて握手を求めてきた。性格は案外いいヤツかもしれないな。

これからは俺の下で使ってやるとするか。何、客が俺に会いたいって？　そうか、
勝者への賞賛の言葉だろう。

もう一度コック帽をかぶった俺は、いそいそと客の前に進み出た。

目鼻立ちがくっきりした客たちが、キッとした眼で俺を見た。

「キミガ、ビーフカレーヲ、ツクッタノカ？」

コンマ一秒で、俺は言葉を失った。

テーブルには『ヒンドゥー教の会御一行様』のプレートがあった。

浅黒い肌のインド人の男が、そのゲジゲジの眉毛を吊り上げた。

「ウシハ、シンセイナ、イキモノダ。コノ、バチアタリガ！」

三十一対ゼロの、ゼロは俺だった。

クスッと笑った奈々さんが、あわててその表情を取りつくろった。

魔物

「若様！」

爺のしわがれた声で、若様が目覚めた。

「若様、魔物のにおいがします」

――そうだ、鬼から逃げている途中、姫と滝に落ちてしまった。

「姫はどこだ？」

「若様、魔物というのは」

爺が不安そうに若様を見つめ返した。

そのとき、滝壷に大きな声が響いた。

「姫はもらったぜ！」

金棒を持った巨大な赤鬼が、血走った目で若様をにらんでいた。

あわてた若様は、へっぴり腰で逃げ出した。


滝壺を出ると森の中だった。

アブラゼミはジージー、クマゼミはシャーシャー、ヒグラシはカナカナと鳴いている。それらの鳴き声の混ざる中、枝をよけ木の根を跳び越えて若様は走り続けた。

やっとのことで森をぬけると、川が流れていた。

「若様！　こちらへ」

小舟の上で美しい姫が手を振っていた。

若様は舟に飛び乗った。姫がニコッとして若様に抱きついた。

若様は腕もちぎれんばかりに舟を漕ぎ続けた。

ドッドドド……。

――もう大丈夫だろうか？

ドッドドド……。

――ああ、もうこれ以上は漕げない。

ドッドドド……。

「あっ！　た、滝だぁ～」


「若様！」

爺のしわがれた声で、若様が目覚めた。

「若様、魔物のにおいがします」

――そうだ、鬼から逃げている途中、姫と滝に落ちてしまった。

「姫はどこだ？」

「若様、魔物というのは」

爺が不安そうに若様を見つめ返した。

そのとき、滝壷に大きな声が響いた。

「姫はもらったぜ！」

金棒を持った巨大な赤鬼が、血走った目で若様をにらんでいた。

あわてた若様は、へっぴり腰で逃げ出した。

「はあ……何度やっても若様はダメね」

「あれは世間知らずのバカ様だからな」

くすりと笑った姫が赤鬼に抱きついた。

「若様、魔物というのは……」

岩陰に隠れていた爺は、男泣きに泣いていた。

「魔物というのは姫のことです。昔から女は魔物と……」

遊び人の指輪

遊園地はどこも長蛇の列だった。

特に、人気のアトラクションは二時間以上の待ち時間が表示されていた。

その列の中ほどに、少し顔つきのかたいカップルがいた。

「ひっく……ひっく」

「ナオ、しゃっくりが止まらないね」

「そうなの。ひっく」

「えーと、止める方法は……そうだ、鼻をつまんで呼吸を止めてごらん」

「……ひっく」

「ダメか。じゃあ、舌を引っ張ってごらん」

「……ひっく」

「ダメか。じゃあ、眼球を圧迫してごらん」

「……ひっく」

「うーん、これでもダメか」

「リョウ、もう他の方法を知らないの？」

「お茶でも飲めば……」

「さっき全部飲んじゃったわ。ひっく」

「ボートに乗って、滝壺めがけて急降下すればきっと……」

「乗れるのは、あと一時間くらい後でしょ。ひっく」

「じゃあ、今言うよ。とてもデリケートな問題だけど、新しい彼女と同棲を始めてね。君よりもっと金持ちで、女子力も高い女性だ。だから別れてくれないか？」

「……」

「驚いただろう？　それでしゃっくりも……」

「そんな予感がしていたの。ひどいわ、ワタシもう帰る！」

「ちょ、ちょっと待てよ。それはナオのしゃっくりを止めるための……」

奈緒美は、亮介の言葉を最後まで聞かず、左手の指輪を外した。

「いっぱい尽くしてあげたのに」

奈緒美は指輪を投げ捨てると、列を離れてどこかへ走り去ってしまった。亮介は、落ちた指輪を拾い上げた。

銀色に輝く婚約指輪だ。

近くの人たちはみな、細身で端整な顔立ちの亮介を気の毒そうに見ていた。

ほどなく亮介も列を離れ、奈緒美と反対のほうへ歩いて行った。


「ただいま」

「亮、おかえりなさい。早かったのね」

「直子さん」

「な、何？　いつもと呼び方、違う」

年上の直子は、軽く叱る目つきをした。

亮介はポケットから指輪を出すと、直子の左手の薬指にはめた。

直子は潤んだ瞳でそれを見つめた。

「スゴイ！　世界で一つだけの……。亮、最高にうれしいわ」

直子は、長いまつ毛を震わせて亮介の胸に顔をうずめた。直子の、ゆるいウェーブがかかった髪が揺れている。

「ナオ、愛してるよ」

そう言った亮介がほくそ笑んだ。

——これからも俺に尽くして、いっぱい遊ばせてくれよ。

左手の指輪には、「Ｒｙｏ＆Ｎａｏ」と刻まれていた。

逆ナン

週末の夜のこと。

片田舎のドライブインで恒例のマナー教室が行われていた。メンバーは地元の中高生たちである。この教室は、別名ナンパ教室と言われていた。

女子校生のエミリーは、直感で三人に絞り込んでいた。

ボブとジョンとポールである。

——マナーは無言のうちに人柄を表すのよね。マナーを知らない下品な人は絶対お断りだわ。

エミリーは、先生の教えを頭の中で復唱していた。

「ナプキンはひざの上におくのよ。それとスープは音をたてずに飲んでね。それから、フィンガー・ボールを使うときは、指先だけ水につけるのよ。手を全部つっこんで洗うのは下品ね」

エミリーは、絞りこんだ三人のマナーをチェックし続けていた。

――ボブはイケメンだけど、ナプキンを首に巻こうとして注意されていた。

エミリーは、ボブを対象から外した。

――ジョンは背が高くてスマートだし、隣に座っているポールは、見かけによらず少食なところが可愛いわ。

エミリーは、彼氏の候補をジョンとポールに絞り込んだ。

特にポールは、エミリーのことを気にしている様子だった。

デザートの果物が出てきたとき、ポールは小さなメモをエミリーに渡した。それには『君がタイプだ。今は食事ものどを通らないくらい緊張している。帰りにメアドを教えてくれないか』と書かれていた。

エミリーが小声で「イエス」を伝えると、ポールは笑顔で額の汗をゴシゴシとナプキンで拭き、フィンガー・ボールを持つと、音をたてて飲み干した。

——そんな……。エミリーは、ポールも対象から外した。

マナー教室が終わると、ホールに出てお楽しみダンス会が始まった。学校主催のイベントなので定番の曲が多い。最後はオクラホマミキサーだった。男女が両手をつなぎステップを踏む。最後にぐるりと回っておじぎをする。そしてパートナーチェンジを繰り返して……。

——やったあ！

エミリーはついにジョンと踊ることになった。

マナーも合格で、背が高くスマートな男子だ。

——もう彼しかいない。

ジョンの手のぬくもりを感じながら、エミリーの胸は高鳴った。

——やっぱりジョンがサイコー！

♪タラリラ〜ラ、ジャンジャン。

ジョンが次のルーシーに進んだところで曲が終わった。

——ラッキー！　ジョンのラストダンスはワタシだったのね。

前にいる友だちのルーシーが肩をすくめた。

——うふっ、ルーシーが悔しがっている。チアリーダーのルーシーも、ジョンを逆ナンしようと狙っていたのかも。

「あのさー、お願いがあるのだけど……」

不意にジョンが振り返った。

「帰りに裏の駐車場で待っていてくれる？」

——うあっ！　ジョンからきてくれた。それも薄暗くて誰もいない駐車場で……。

エミリーは真っ赤になってうなずいた。

軽やかな足取りのエミリーが、駐車場で立ち止まるとすぐにジョンもやってきた。

「ナイショで……」ジョンがエミリーの耳元でささやこうとした。

——いきなりナイショって……。

エミリーは、恥ずかしそうに眼をパチパチさせた。

「ボクにメアドを教えてくれる？」

——今日、これで二人目。ワタシ史上最高のモテ期到来かも。

エミリーが、ジョンの目を見て微笑んだ。

ジョンは、ポケットから黒いスマホを出した。

「メアド、知ってるよね？」

「えっ？」

二人の間に、さびしい風が吹きすぎていった。

「あの……ルーシーのメアドだよ」

ペンギン

洋平のお誕生会が始まった。

洋平の家には、真二と翼、そして美月という三人の同級生が呼ばれていた。

紅一点の美月は、六年生で一番人気の女子である。

洋平は、美月の気を引くための策を考えていた。

——美月の父さんは、海外出張の多いエリートビジネスマンだ。趣味のカメラで世界中の風景を撮っているらしい。カッコいいなあ。

洋平の父は、ふつうのサラリーマンで趣味はパチンコだった。

――でも、北極だけは行っていないらしい。だから今日は「北極」にこだわってアピールしてみよう。

ケーキを切り分けながら、洋平が作り話を始めた。

「ボクの父さんは世界的なカメラマンなんだ。これは北極で撮ったものだよ」

机上の写真には白クマ、セイウチ、クジラなどの姿が写っていた。

洋平がネットから印刷したものだ。

美月は興味深そうに見つめていた。

「今日のジュースには北極の氷が入っているよ」

皆は物珍しそうに飲んでいた。

「くじ引きも作ったよ」

くじは美月だけが当たった。

そうなるように仕組んでいたのだ。

「当たりは北極のお土産だよ」

美月にペンギンのぬいぐるみが渡された。

「ふわふわしてカワイイけど……」

「遠慮はいらないよ。父さんがノルウェーで買ったものなんだ」

パーティーが終わると、洋平が美月にささやいた。

「次は一人で遊びにおいでよ」

美月が下を向いて言った。

「ごめんなさい。ワタシ、正直な人が好きなの」

美月はペンギンのぬいぐるみを洋平に押しつけた。

――もしかして、父さんのパチンコの景品ってことがバレた？　まさか……。

「なぜ、ボクが正直じゃないって？」

美月が困ったような顔で答えた。

「だって、北極にはペンギンはいないのよ」

「えっ！」

声が裏返った洋平は、北極の氷のように固まった。

「あのね、ペンギンがいるのは南極でしょ」

お国柄

十三日の金曜日のこと。

若いバスガイドの泉にとっては、ハードな一日となってしまった。この日の仕事は国際小学校の遠足である。

まずは列の先頭にいたペドロ（ブラジル）が、元気なあいさつをしながら乗ってきた。

「オッケー」

泉は指で丸をつくったが、ブラジルでは下品なポーズだと注意された。

その後も奇妙なあいさつが続いた。

サラ（ニュージーランド）は泉に鼻をくっつけようとしてきたし、バト（モンゴル）は抱きついて泉のにおいを嗅ごうとしたのだ。

ふと車内を見ると、カルロ（イタリア）が座席の番号を見て泣いていた。イタリアでは十七は不吉な数字なのだ。

「だれか代わってあげてくれる？」

真っ先に、隣のハリ（ギリシア）が首を横に振った。

それを見た後ろのソムチャイ（タイ）が、笑顔で席を代わるとハリが怒りだした。ギリシアでは、首を横に振るのがイエスだったのだ。

「親切に代わってくれたのに、嫌な思いをさせてごめんなさいね」

泉が頭をなでようとすると、神聖な場所をなでるなと、ソムチャイまで怒り出してしまった。

このクラスの担任は最後に乗ってきた。

——あら、しかめっ面の先生ね。でも、日本人なのでよかったわ。

バスが走り出すと、ジョン（アメリカ）とホセ（メキシコ）がケンカを始めた。

ジョンのTシャツに、メキシコの国旗がプリントされていたのが原因である。

メキシコでは、国旗は神聖で敬意をはらうべき対象だった。

——何とか悪い流れを断たないと。

「ねえねえ、ワタシにみんなのお弁当を教えてくれる？」

泉の明るい問いかけに、アダム（ポーランド）が答えた。

「ヨーグルトがけごはんだよ」

「ブー！」

他の子はみなブーイングだ。

「やっぱりハンバーガーでしょう」

国旗のことでケンカをしていたジョンが、嫌みっぽく言った。

「何だよ。だいたい金曜に肉を食べるなんて、アメリカ人はバチあたりだな」

アダムがキレ気味に返した。今度はジョンとアダムのケンカが始まった。

——相手変われど主変わらずか。やっぱりアメリカは戦争好きの国なのね。

そこへ国旗で揉めていたホセも加わり、頭をなでられて怒っていたソムチャイとイエスをノーと誤解されたハリまで乱入してきた。

その様子にカルロがまた泣き始め、バトが泉に抱きついてきて臭いを嗅ごうとするは、サラも甘えて鼻をくっつけてきた。

「みんなやめろ！　ボクは腹ぺこでイライラしているんだ」

突然、アリ（サウジアラビア）が立ち上がり、揉めている子どもたちをボコボコにした。

「キャー！　もう、やめて！」

泉が叫ぶと、担任がやってきてアリをムチで打ちはじめた。

「それって体罰……」

泉は言葉を飲み込んだが、サウジアラビアではあたりまえのことだった。

担任は相変わらずしかめっ面である。

——頭がパンクしそうだわ。でも、何とかよい雰囲気にしなければ。

「はい、では今からビンゴゲームをします。先生もぜひ、どうぞ。一番の人にはガムをプレゼント！」

「ワタシの国ではガムは禁止なのよ」

アマンダ（シンガポール）が冷たく言い放った。シンガポールは美観にうるさい国なのだ。

「えーと、じゃあワタシ手作りのサンドイッチを賞品にします」

これで車内に初めて歓声が上がった。

ビンゴの結果は、何と一番は先生だった。担任のしかめっ面はもっとすすんでいた。

「先生が一番ではまずかったですか？」

泉が恐る恐る尋ねた。

「私の父はサウジアラビア人なのです」

――まあ、ハーフだったのね。

「サンドは食べない国ですか？」

「世界にそんな国はないでしょう」

担任が不機嫌そうにピシッと言った。

――超気まずい雰囲気だわ。

「では、なぜ……」

担任は、さっきムチ打ちをしたアリを指さした。

「アリと私は、宗教上の理由で断食中なのです」

ぷっつん問答

「君はぷっつん問答って知ってる？」

「いえ、それって何ですか？」

昼休みのこと。会社のビルの屋上で、先輩社員とその後輩が話をしていた。

「一種の言葉遊びゲームだよ。やってみようか。君は何歳？」

「二十三歳です」

「ブー、君の負け」

「えっ！　なぜですか？」

「まともに答えると負けなんだ。僕はハンバーガーが好きです、なんて答えればオーケーだよ」

「面白そうですね」

「では、休日は何をしている？」

「僕の血液型はA型です」

「オーケー、その答えでいいよ。今度は君から質問して」

「えー、先輩の身長は何センチですか？」

「大学では経済を専攻したよ。さて、都市と地方の利害対立は深刻だと思わないかい？」

「趣味は読書です。さて、好きなお寿司は何ですか？」

「リオのカーニバルはパワフルだね。さて、ヨーロッパに行ったらどこに行きたい？」

「えー、パリの……あっ！」

「ブー、君の負け」

「難しいですね。でも、慣れたらやれそうな気がします」

「ぷっつん問答サークルというのがあってね、そこの会員は凄いレベルだよ」

「サークルですか。それはどこで？」

「サウナだよ」

「へえ、サウナは僕も好きです」

「じゃあ、帰りに寄ってみるかい」


二人はサウナにやってきた。

「なかなかリッチなとこですね」

「目的をもって修行しているわけだからね」

「目的？」

「まっ、とにかくサウナに入ろうか」

「はい」

サウナの内装は木と天然石で、紫色のライトが高級感を演出していた。

「ほら、あそこでやっているよ」

身体中にぜい肉のついた二人が対戦をしていた。

「ＡＩ（人工知能）が人間を評価し、誰に仕事を与えるかを決める時代をよしとしますか？」

「ネットによる婚活は、サービスの利用者が増え続けています。さて、今回の事故では、寒冷地での金属の脆弱さを考えるべきだと思いませんか？」

「宿泊客がホテルとともに、エコを実現する仕組み作りが広がっています。さて、曲作りを行いながら、誰かの曲を聴くことは物理的に不可能ですよね？」

「大腸には、乳酸菌よりビフィズス菌がいいのです。さて、三十年手入れされない森は、財産的価値はないですよね？」

……。

「確かにハイレベルな戦いですね。でもなぜサウナで？」

「汗をかいても、がまん強く冷静にしゃべる練習になるからね。サウナから先に出たほうが負けというルールもあるんだよ」

「そうでしたか。何かコツはあるのですか？」

「相手が何か言っているときは全く聞いてなくて、その間に何を言い返そうかと考えることだね」

「なるほど。で、ぷっつん問答サークルの目的というのは何ですか？」

「仕事の腕をみがくためだよ」

「それはどんな仕事ですか？」

「そりゃ君……」

先輩はその眉をピクッと動かした。

「大臣に決まっているじゃないか」

マル秘の処方

ある日の午後、小さな古本屋でのこと。

入ってきた中年の男が店主に話しかけた。

「『漢方秘伝書』という本はありますか?」

「いえ、うちには置いていません」

「もし、入ったら連絡をお願いしたいのですが……」

何か思いつめたような表情の男は、連絡先を書いたメモを渡した。

「著者や出版社はわかりますか?」

「それが自費出版らしくて……」

「わかりました。もし入ればお電話しましょう」

そして数週間後のこと。

『漢方秘伝書』が入荷した。黒い表紙のぶ厚い本だ。店主はすぐに電話をかけた。

「連絡ありがとうございます。でも、よく入りましたね」

「ある常連さんの持ち込みです」

「お金はいくらでも出しますから、他の人には絶対売らないでください」

「そんなに値打ちのある本なのですか?」

「そうです。読めば人生が変わります」

「よかったら、わけを教えてもらえますか?」

「はい、それにはガンのマル秘の処方が……」

客によると、ガン患者のための薬を著者が発明し、その処方を記したということだった。

——私もガンの家系だからな……。

店主は電話を置くと、すぐにページをめくり始めた。

著者によると、自身がガンになり余命三ヵ月と診断された。そこでかねてから詳しかった漢方の知識を総動員して研究を始めた。

トウキ、シャクヤク、センキュウ、ジオウを薬用酒に溶かし、さらに……。

——これはスゴイ本だ！

店主は処方のためのページをコピーした。そしてネットで必要な漢方薬を検索して注文した。

その後、続きを読もうとしたところに、あの客の男がやってきた。

客は前よりもやつれていたが、結構な金を出し『漢方秘伝書』を買っていった。

数日後、全ての材料をそろえた店主は、コピーを見ながらマル秘の処方を始めた。

できあがると、店主は予防のためにとそれをゴクリと飲んだ。

ところがその翌朝、店主は布団の中で帰らぬ人となっていたのである。

店主が三途の川までやってくると、目の前にあの客の男がいた。

「こら！　あんたのおかげで、とんでもないことになったじゃないか」

店主が詰め寄ると、客は落ち着いた口調で言った。

「あなたの早とちりですよ」

「早とちり？」

「本を最後まで読んだのですか？」

「いや、それは……」

「西洋医学で治療すれば、少しは長生きができるでしょうが、結局、苦しむ時間が長くなるだけですからね」

「ガンを治す薬じゃないのか？」

「もしそうなら、ベストセラーになっていますよ」

「じゃあ、あの薬は……」

「安楽死できる、新しい毒薬です」

「わ、私は予防のために飲んだだけなのに」

「えっ！　それはまずい」

客が気の毒そうに告げた。

「健康な人が毒を飲むのは自殺行為です。自殺した人は、このあと地獄へと……」

ある手口

「ごめんください。ニコニコサービスの黒原と申します」

モニター画面には、愛想のいい笑顔の若い男が映っていた。

与作爺は安心してドアを開けた。

「セールスかね?」

「はい、弊社はシルバー専門の宅配食会社です」

「わしはもう、鶴亀食品と契約しているよ」

「弊社は、スペシャルなサービスをご用意しています。ぜひ、お話だけでも」

与作爺は黒原を中に入れた。

「おたくのスペシャルなサービスとは？」

「これをご覧ください」

渡されたパンフレットには、お得なことばかり載っていた。

『魚料理は全て骨抜きをしています。当日でも配達の中止ができます。日本一安い宅配食です』

「ほう、やるね。でも、鶴亀の白木さんという担当は、ベテランらしい心づかいがあるからね」

「よかったら教えていただけますか」

黒原が深々と一礼した。

「いいよ。いつも季節の草花が添えられ、誕生日にはカードも付いていたな。それと、万一わしが倒れていたら、白木さんが病院まで付きそってくれる約束だよ」

「それは、どの業者でもやっていることですね」

「そうなのか。じゃあ、おたくのほうがお得か」

「ぜひ、乗り換えてください。今日手続きをしていただければ、超スペシャルサービスをお付けします」

「超スペシャルサービスとは？」

黒原がまた、愛想のいい笑顔にもどった。

「それはですね……」

その日の夕方、美奈子というちょっときれいな女が夕食を届けにきた。弁当のおかずも、与作爺の好物ばかりで、銘酒の熱燗まで付いていた。

「おお！　あの黒原君が言ったとおりだ」

「与作様、ニコニコサービスを今後ともどうぞよろしくお願いします」

美奈子は、色っぽい笑顔でお酌までしてくれた。

「面倒な手続きも全部してくれるらしいね？」

「はい、すでに鶴亀食品には断りの連絡を入れました」

「何かと世話になるね」

「与作様、お支払いは銀行引き落としがお得です。この書類にご記入をお願いします。弊社の個人情報管理は万全です。どうぞご安心ください」

酔った与作爺は、言われたとおり書類に記入していった。

「あら、暗証番号は誕生日ですか？」

「忘れないし、変えるのも面倒でね」

「それは危険です。ワタシが変えてあげましょうか？」

「そうかね。それもやってくれるかね」

「お安いご用です」

美奈子はとびきりの笑顔だ。

「おたくにしてよかったよ」

与作爺はますます上機嫌で……。

翌朝のこと。鶴亀食品の白木が血相を変えてやってきた。

「与作様、もう少しで通帳から全額盗まれるところでした。ニコニコサービスは、とんでもない詐欺組織なのです」

「そ、そんな……」

「巧妙な奴らですから、与作様は悪くありません」

白木が額ににじんだ汗を拭いた。

「白木さんはやっぱり頼りになるね」

「今回の件で弊社としても安全対策を強化します。具体的には玄関のモニターに録画機能を付け、銀行との連携も強化します。それでも詐欺にあってしまった場合には、損失を補償する鶴亀保険も作りました。少しお高くなりますが、ご加入はよろしいでしょうか？」

「おお！　そうかね。もちろん入るよ。これから先は、ずっと白木さんに頼みたいからね。他の業者はもうこりごりだよ」

与作爺はうんうんと何度もうなずいた。

契約を済ませた白木は、待たせていた車の後部座席に乗り込んだ。

「二丁目に行ってくれ」

「了解です」

運転手がすぐに車を出した。

白木が前の二人に声をかけた。

「次は市松様の家だ。まずは君たちの出番だな」

ハンドルを握った若い男と、助手席のちょっときれいな女がニヤリとした。

あの黒原と美奈子である。

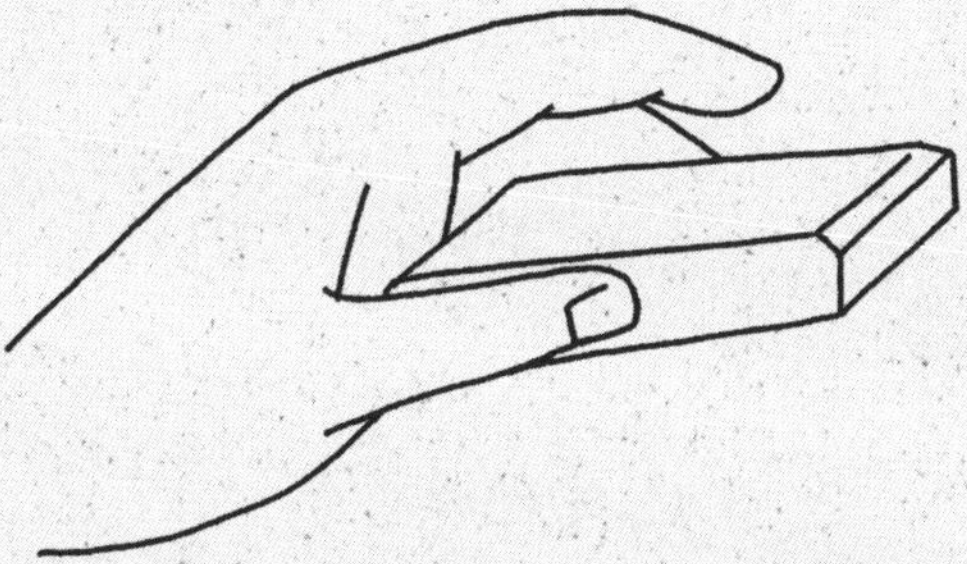

Ⅲ章　勝利の女神

お主も悪よのう

掛水は、妻の真由美に関する記憶を消すことになった。

ヘッドギアを着けた掛水は、仰向けのまま円筒状の装置に入っていった。

今は、消したい記憶だけピンポイントで消せる時代である。ただ世の混乱を招きかねない医療なので、一般には使用が禁止されていた。深刻なトラウマを抱える重篤な患者にのみ許可されるものだ。

だが、非合法でも大金を積めばできてしまうのが世の常で……。

「別れたいのなら、慰謝料はもちろんのこと、ワタシの記憶を全て消してほしいわ。

「それが条件よ」

別れ話の原因は、掛水が妻の真由美に飽きたということだった。坊ちゃん育ちの掛水らしいわがままである。そんなこともあり、掛水は、真由美の出した条件をあっさりと了解した。

真由美は、裏サイトで見つけた病院を掛水に紹介した。この病院の医師は、もちろんまともな男ではない。

「医は算術」が信条の悪徳医師だった。


「お疲れ様でした」

掛水が装置から出てくると、白衣を着たきれいな女が笑顔で迎えた。

「ど、どうも」

「掛水君、上手くいったよ。真由美さんの記憶は完全に消えている。入院は必要ないが、今日一日は安静にしておいてくれ」

悪徳医師が力強く言った。

「家までワタシがお送りします。少しお待ちくださいね」

白衣を脱いだ女は、車で掛水を家まで送り届けた。

女は、小顔でスタイルもよく掛水のタイプだった。私服も麻のジャケットに、膝までのフレアスカートをお洒落に着こなしていた。

掛水のほうは、資産家のボンボンで金には不自由しない男である。

ほどなく二人はつき合い始めて……。


「♪祈りに応えて、労《いたわ》りたまわん。アーメン」

讃美歌が終わると、牧師が聖書の教えを朗読して神に祈りを捧げた。

掛水と女の小さな結婚式には、立会人としてあの悪徳医師だけが招待されていた。

「汝はこの女を妻とし、良き時も悪しき時も、富める時も貧しき時も……」

牧師の問いかけに、掛水が「はい」と答えた。

牧師の言葉が女に向けられた。

「汝は夫を想い、夫のみに添うことを、神聖なる婚姻の契約のもとに誓いますか?」

女は胸を張って「はい」と答えた。

それを見届けた悪徳医師が、ぼそりとつぶやいた。

「掛水君、ご愁傷様。それにしても真由美さん、ちゃっかり慰謝料も取り、看護師にまで化けて玉の輿にもどるとは……お主も悪よのう」

勝利の女神

「くそぉっ」

翔太が座席にしゃがみ込んだ。

残り五分を切ったのに、二対ゼロで負けそうなのだ。

どう見ても実力は日本のほうが上だった。ボールの支配率も、シュートの数も相手を上回っていたのだ。翔太は、もうお手上げのフリーズ状態だった。

アウェーなので敵チームへの声援ばかり響く。スタジアムが揺れるほどの一致団結した応援である。

——大学をサボって、はるばるここまできたのに……。

翔太にできることはもう祈ることのみ……いや、あと一つだけあった。翔太は隣にいる結衣をチラッと見た。この応援ツアーの機内で知り合った女子大生だ。見た目はモデル系なのに、翔太と同じ熱烈なサッカーマニアである。

「ワタシは勝利の女神なの。でも、一人ではただの人。日本を勝たせるには、翔太クンのような人が必要なの。どうしても点が欲しくなったら、ワタシの頭を叩いてちょうだい。叩かれたワタシは驚いて、お腹をギュッと縮める。すると恥ずかしいけどスカートが落ちるの。その結果、摩訶不思議なパワーが放たれて、点を取ることができるのよ」

機内でこの話を聞いたとき、

——こいつ、ちょっとイッちゃってる？

翔太は首をかしげたものだったが、目の前にいる結衣は何か言いたげな瞳を向けていた。

「あっ、ヤバッ」

いつの間にか、結衣はミニスカートのファスナーを下げていた。明らかに「早く叩いて」と合図をおくっているのだ。

ちょうどそのとき、日本がコーナーキックのチャンスを得た。

――なんだかこっ恥ずかしいけど、ダメもとでやってみるか。

立ち上がった翔太は、結衣の頭を平手でバシッと張った。

「痛っ!」

結衣が大げさなポーズでのけぞると、そのミニスカートがずり落ちた。下にはちゃんと水着を穿いている。マニアらしいサムライブルーのビキニだ。結衣は、恥ずかしそうにさっとスカートを戻した。

「マジか、イエーイ!」

今度は翔太がマンガみたいに飛び上がった。日本が点を取ったのだ。

鮮やかなヘディングを決めての二対一だ。

ゴールを決めた選手が、素早くボールを取りに行き、すぐにセンターマークにセットした。試合はもうアディショナルタイムに入っている。

翔太はもう一度、平手で結衣の頭を張った。「痛っ!」また、結衣のミニスカートが落ちた。

すると立て続けに日本がゴールを決めた。クロスからの見事なボレーシュートだ。

これで二対二の同点である。

「オーイエー、もう一点取るぞ」

翔太が平手で構えた瞬間、思わぬことが起こった。

大柄な警備員が割り込んできて、結衣の頭を叩いたのだ。

「痛っ！」またまた、結衣のミニスカートが落ちた。

怒鳴り散らした警備員は、結衣の首根っこをつかんで連れて行ってしまった。下品な行動を続けたので、結衣は退場させられたのだ。

思わぬ展開に、翔太はビビりまくっていた。

するとその直後のこと。

敵が日本のボールを奪った。スピードのあるカウンター攻撃だ。

「あっ、ヤバッ！　あああああ……」

相手のロングシュートが決まった。

ピピィー！

スタジアムに無情の笛が鳴り響き、試合は終わってしまった。日本は三対二で負けてしまったのである。

　試合後のこと。

　翔太は場外につまみ出されていた結衣に再会した。結衣は、責めるような目つきで翔太を睨んだ。

「もっと早く叩いてくれたら、日本が勝ったのに……」

「えっ、負けたのは俺のせい？」

　翔太は、一瞬耳を疑った。

　結衣は、その頬をぷくっと膨らませた。

「ここはアウェーよ。警備員は試合中でも自分の国を応援しているわ」

「ど、どういうこと？」

　結衣が、ふてくされたような表情で肩をすくめた。

「勝利の女神はねぇ、叩いた人の願いをかなえるものなのよ」

副作用

ギラギラした眼の男が熱弁をふるっていた。

「いいか、深海には必ず未知の薬効成分を持った生物がいる。そいつを捕らえて新薬をつくるぞ！」

男はベンチャー企業の社長である。

気が短い社長は、すでに深海の生物を捕獲するための深海調査船を用意していた。

「昔から薬九層倍というだろう。薬は原価の九倍で売れるのだ」

「あのう……新薬開発の期限はいかほどに？」

気の弱そうな部下が、おそるおそる質問した。

「いつも言ってるように、何事もスピード感が大事だ。新薬開発の期限は一年とする。さあ、急げ！」

ドリーム過剰な台詞だが、部下としては文句も注文もつけることはできなかった。

そして一年後のこと。

部下が笑顔で報告にきた。

「何とか新薬ができました。飲めば一秒で治る風邪薬です」

「おお！　それなら世界中で売れるぞ」

社長はにっこりとし、身を乗り出した。

「ただ……国の認可にはかなりの時間がかかります」

「長くは待てん。まずは健康食品として売り出そう。ゲホッ、ゲホッ、ハクションン！」

「お風邪ですか？」

「そうだ。ちょうどいい。俺が試してやる」

社長がゴクッと錠剤を飲み込むと、咳とくしゃみはピタリと止まった。

「すごいな。いったいどんな生き物からつくったんだ？」

post card

恐れ入りますが、切手をお貼りください

810-0041

福岡市中央区大名2-8-18
天神パークビル501

書肆侃侃房 行

フリガナ
お名前　　　　男・女　年齢　　歳

ご住所　〒

TEL（　　　）　　　ご職業

e-mail：

※新刊・イベント情報などお届けすることがあります。　不要な場合は、チェックをお願いします→□
著者や翻訳者に連絡先をお伝えすることがあります。　不可の場合は、チェックをお願いします→□

□**注文申込書**　このはがきでご注文いただいた方は、**送料をサービス**させていただきます。
※本の代金のお支払いは、本の到着後１週間以内にお願いします。

本のタイトル	冊
本のタイトル	冊
本のタイトル	冊

愛読者カード

□本書のタイトル

□購入された書店

□本書をお知りになったきっかけ

□ご感想や著者へのメッセージなどご自由にお書きください

※お客様の声をHPや広告などに匿名で掲載させていただくことがありますので、ご了承ください。

◀こちらから感想を送ることが可能です。

書肆侃侃房　http://www.kankanbou.com　info@kankanbou.com

「新種で名前はありませんがこれです」

部下が差し出した写真には、レモンに似た胴体にアセロラそっくりの足があり、膨らんだ頭部は、ブロッコリーのような生物が写っていた。

「ビタミンCの固まりのようなヤツだな。だから効くのか。よし、商品化を急いでくれ」

半年後のこと。

部下が血相を変えて報告にきた。

「大変です！　新薬には、副作用があることが判明しました」

「何だと！」

「寿命が縮みます。おそらく、十年ほど……」

「十年も縮んだのか？」

困り顔の部下が目をしばたたいた。

「おい、何とかしろ。すぐに元にもどす薬をつくれ！　急げ！　とにかく急ぐんだ！」

怒鳴り散らした社長は、様々な深海調査船を世界中から集めるなど、元にもどす薬の開発に金を惜しげもなく費やした。

そして、半年後のこと。

「社長、完成しました」

「待ちかねたぞ。それはどんな生き物からつくったのだ？」

「新種で名前はありませんがこれです」

部下が差し出した写真には、大豆が何粒も集まったような体に、海草に似た尻尾がある生物が写っていた。尻尾の先からは、青汁のような液も出している。

「長寿食の固まりのようなヤツだな。期待できそうだ。よし、早くそれをくれ」

また、社長がゴクッと錠剤を飲み込んだ。

「これで元にもどったわけだな」

「はい、でも、そのう……」

部下はもごもごと歯切れが悪い。

「何だ、はっきり言え！」

「これも副作用が……」

「何だと！　ゲホッ、ゲホッ、ハクション！」

社長は大きな咳とくしゃみを連発して、鼻をかみ続けた。

「誠に申し訳ありません」

ひれ伏した部下が床に額をこすりつけた。

「これから一生、風邪が続きます」

化けの皮

ヘア博士が画期的な発明をした。

キツネのわずか一個だけの細胞から、その全身の皮膚を作ったのだ。

できた皮膚には、ちゃんとした体毛まで生えていた。

この研究が進めば、どんな動物も皮膚だけなら人工的に作ることができるのである。

心優しい博士は、毛皮のために殺される動物をなくしたいと願っていたのだ。そんな博士の元に、多くの企業から共同研究の話が舞いこんだ。

「弊社はキツネの専門店です。ぜひ、売れ筋の品を大量に作らせてください」

「弊社は、良質のミンクやクロテンの細胞を提供します。それでコートを作りましょう。毛皮の最高級品です」

「弊社にはいいアイデアがあります。パンダ一頭丸ごとの敷物を作りましょう。天文学的な値で売れますよ」

……。

博士はそれらの話を全て断った。

そういうギラギラした欲は持っていなかったのだ。

唯一、動物愛護団体からの支援を得た博士は、大学に泊り込んで研究を続けた。

研究室にこもって一ヵ月後のこと。

研究をより進めるため、博士は助手を雇うことにした。

候補になった男は、履歴書では申し分のない経歴だったが、写真を見ると博士に似た小太りの体形をしていた。博士はそこに何となく不安を感じた。

最先端の研究は、悪用されることも多い。

研究者の間には「人を見たら産業スパイと思え」という言葉もある。博士は毛皮の研究を守るため、もしもの備えをしてからその男を採用した。

そして一ヵ月後の朝のこと。

動物愛護団体の職員がやってきた。月に一度の定期的な訪問で、担当は丸眼鏡をかけた青年だ。出迎えた博士は、珍しく帽子をかぶりマスクまでしていた。

「博士、風邪でもひかれましたか？」

「うん、喉をやられましてね」

博士の声はかなりハスキーだった。

「研究の進み具合はどうですか？」

「加速剤が効いて、全身の皮膚が早くできるようになりました。ただ、キツネ以外はつるつるの皮膚です。まだ体毛がないのですよ」

「その帽子はキツネの毛皮ですか？」

「そうです。なにせ私の頭はこうですから」

帽子をとった博士は、つるつるの頭だった。

「……なるほど」

丸眼鏡の青年は、折り目正しい礼をして帰っていった。それを見届けた博士は、白衣を脱ぎマスクを外した。そして研究室に隣接する実験室の扉を開けた。

そこには椅子に縛りつけられ、猿ぐつわをされた本物のヘア博士がいた。青年の対応をしたのは、博士に化けた助手だったのだ。その助手が、ヘア博士の猿ぐつわを外した。

「こんなことをして、君は恥ずかしくないのですか?」

ヘア博士が助手をにらんだ。

「つべこべ言わず研究を続けろ! 目標はパンダ一頭丸ごとの敷物だ。もちろん毛の生えているパンダだぞ」

声を荒げてまくしたてた助手は、後頭部に手を回すと、そこにあるファスナーを下げ始めた。首、背中、腰……と、着ぐるみを脱ぐように人工的な皮膚がはがれていく。ほどなく、中から小太りの助手が現れた。

「ヘア博士の皮膚は完璧だぜ」

人間でも、毛のない皮膚なら作れるまで研究は進んでいた。

助手は、それを悪用したのだ。

「博士がつるつるの頭でよかったよ。はっはっはっ」

実験室に助手の高笑いが響いた。

そのとき、実験室の扉が勢いよく開いた。

「おい、そこまでだ！」

大声に振り向いた助手がぎょっとした。さっきの丸眼鏡の青年が、警官を連れて立っていたのだ。

「動くな！　手を上げろ！」

肩を怒らせた警官が助手に銃を向けた。

「な、なぜだ？」

丸眼鏡の青年が、一歩前に出て答えた。

「ヘア博士は髪がふさふさの方なのです。だからおかしいと思いましてね」

「ふさふさだと？」

青年が博士に駆け寄ってきて、その紐を解いた。

「ありがとう。助かったよ」

立ち上がった博士が、おもむろにカツラを外した。

「こんなこともあろうかと、君を助手に採用したときからかぶっていたのですよ」

「この野郎、ズラで化けていたのか」

「毛皮の研究を守るためです」

博士は、乱れた髪を整えながら静かに語りかけた。

「君は、化けの皮がはがれましたね」

ある仕掛け

「香り本」のブームがきていた。

香り本とは、文字どおり香りが漂ってくる本。例えば「花の図鑑」という香り本では、ページをめくるごとにジャスミン、クチナシといった香りの強い花はもちろんのこと、ウメの花の微かな香りまで見事に再現されているのだ。これは、香りを構成する元素の仕組みが発見されたことで実現した。

その発見を元に、香りのする透明なインクが開発されたのだ。それを、印刷物の上から重ねて印刷したのが香り本なのである。

ここ下町の横田書店でも、香り本のコーナーが置かれていた。そこからは、色んな匂いがごっちゃになって押し寄せてくる。

今日も、香り本だけは朝から十冊ほど売れていた。

――新しい技術には本当に感謝だわ。

本棚の整理をしながら、副店長の陽子はその頬をゆるめた。

売れなくなって久しい紙の本が、香り本により確実に上向きになっていたのである。

――だけど、心配事が増えたわ。

陽子の表情が引き締まった。

香り本はまだ高価な本なので、それを狙った万引きが増えていたのだ。本を一冊盗まれると、それを回収するためには二十冊くらい売らなければならない。夫婦で営む小さな横田書店では、二十冊はなかなかの数なのだ。

――あっ！　怪しそうな男が……。

サングラス、革ジャン、チェーンという三点セットの男が入ってきて、香り本コーナーに足を止めた。

――ふつうなら、マンガかバイクコーナーへ行くタイプなのに……

男は、料理のレシピ本の立ち読みを始めた。片方の腕には、大きな紙袋を下げている。

「いよいよアレを試せそうだな」

近寄ってきた店長の夫が、陽子の耳元でささやいた。

「そうね。アレの成果が楽しみだわ」

陽子も小声で返した。

万引き対策として、新しい仕掛けを導入していたのだ。

それは本の「帯」。

男が立ち読みしている本にも、その帯がつけられていた。それには『万引きは犯罪です。思わぬ罰をうけますよ。』という文字と、動物のイラストが描かれていた。

そのとき、若い女性が、『香水のカタログ』という香り本を手にレジに向かった。

陽子は急いでレジにもどると、バーコードリーダーに似た器械を「ピッ！」と本の帯に当てた。

このことで、帯の仕掛けが解除される仕組みだ。

レジのほうをチラッと見た男は、手にしていた香り本を素早く紙袋に入れた。

その後はレジに向かうことはなく、足早に店の外に出て行ったのだ。

その直後のこと。

ピコピコという大きな電子音が響いた。

思わず紙袋を覗き込んだ男は、顔をしかめてその場にうずくまった。

「お客さん、店内にお入りください」

店長が、万引き男を取り押さえた。

「しかし……これは隔離されるべきレベルの臭いだ」

店内にもどった店長は、ずっと鼻をつまみっぱなしだった。それを見た陽子が、「やったね」とウインクをした。

——香り本には臭い帯という仕掛けなのよね。

陽子は、帯に描かれた動物をチラッと見た。

帯のスカンクも、「やったね」と言わんばかりにウインクをしていた。

トカゲレース

めっちゃ待っていた遠足の日のこと。

ボクらはレプティル星までやってきた。

この遠足のハイライト、トカゲレースを観戦するためだ。

「地球でいえば競馬のようなレースです。社会見学と同時に健全な娯楽を楽しみましょう」

引率の先生の言葉を聞きながら、ボクたちは競馬場、いや「競トカゲ場」のシートに座った。

するとポロンと音がして、スマホに競馬新聞ならぬ「競トカゲ新聞」が表示された。それをスクロールしながら、レースの情報を得るわけだ。

今どき新聞なんてレアな感じだな。

馬券にあたる「トカゲ券」は、数字ではなく走るトカゲの色で売られていた。

ボクは単勝で「黒」の券を買うことにした。一着が黒トカゲという予想だ。この券もスマホですぐ買える。

「みなさん、さっき見学したジャコメッティ星では、身体が細長い宇宙人ばかりいましたね」

先生がまた、口を開いた。

「広い宇宙には、地球の常識をこえる生物がたくさんいます。このレプティル星にも、大変珍しい爬虫類がいます。レースを楽しみながら、そういうこともよく観察しましょう」

オーロラビジョンに「一分前」の表示が出ると、場内に緊張感が高まった。

バーン！

「さあ、本日の第一レース。号砲とともに一斉にスタートしました。あっ、本命の黒トカゲが少し出遅れた感じであります。先頭争いは、おっと行った、行った、行ったー。対抗の青が内に切れ込んで早くも先頭だあー。それから二位につけたのは白。そしてそのインコース、黄は少し抑えぎみ。さらに緑、そして茶、黒といった順で走っています。第一コーナーを回りこれから第二コーナーに向かって……」

ボクたちは、スマホから流れる実況を聞きながらレースを見ていた。

本当にヤバい迫力だ。走っているのは、とにかく「デカッ！」と驚くトカゲなのだ。ていうか、まるで恐竜のようなトカゲだった。それも四つ足で這っているわけではない。後ろ足二本で立ち、長い尻尾を振りながら走っていた。確かに珍しい爬虫類だ。ああ、でも、ボクの買った黒トカゲはずっとビリなんてダメじゃん。マジむかつく。

「さあ、第二コーナーを回ったところで赤が追ってきたー！　赤が体を大きくくねらせて迫ってきました。あっ！　赤が最後尾の黒に襲いかかった。黒の尻尾がプッンと切れた。続いて茶も緑も同じように……」

トカゲレースに騎手はいない。

トカゲの後ろから、真っ赤な大蛇が追ってくるから走るのだ。

「赤」と実況された大蛇は、逃げるトカゲよりめっちゃ「デカッ！」だ。

そいつが鎌首をもたげ、先割れの舌をチロチロさせて追ってくる。

こんな大蛇は地球にはいない。

背後から食いつかれたトカゲたちは、自分の尻尾を切り離して走り続けた。

切れた尻尾は、トラックの上でピクピクと動いている。

大蛇はさらに黄も白も、そして先頭をいく青トカゲの尻尾まで食いちぎった。

尻尾が切れると、トカゲたちは瞬く間に走るスピードを増した。

切れた尻尾のぶん、体がキレッキレになったからだろうか。

順位はあっという間に逆転した。

よし、一気に黒が先頭だ！

いいぞ黒、行けー！

「さあ、第四コーナーをカーブして直線コース。先頭は黒。尻尾を切ってからの猛スパートです。黒を追うのは茶、三位には緑、その後ろは黄、白、青の順です。さあ、外目をついて青が飛んできた。先頭は残り二百。坂を上がっても黒が先頭。黒先頭だ。外から青、間を割って緑もきた。しかし黒だ！　黒だ！　やっぱり一番人気は強かった。勝ったのは黒！　二位は青がわずかに緑をかわしたー」

やったー！
単勝の「黒」で的中だ！
生まれて初めてのトカゲレース。
本命を手堅く買っておいてよかったな。
残念ながら、ボクは小学生なので配当金は受け取れない。
でも、その代わりに縁起のいいお土産がもらえるらしい。
ゴールしたトカゲたちは、ずるりと寝転んでしまった。
優勝した黒などは、仰向けで痙攣までしている。
そこに、赤い大蛇がやってきて大きな口を開けた。
口内も炎のように真っ赤だ。
その口で、倒れているトカゲたちを次々に丸呑みしていったのだ。
「ヤバッ、ちょっとキモいよ。これが健全な娯楽だなんて……」
ボクのつぶやきに先生が反応した。
「この星ではこれでいいのです。ほら、あれを見てごらん」
先生は、トラックでピクピク動いている尻尾を指差した。

「……ありえない。マジッ？」

切れたトカゲの尻尾から、胴体、足、そして頭までもが再生を始めていたのだ。

黒も青も緑も、茶、白、黄のトカゲも元どおりに……。

ほどなく完璧に再生したトカゲたちは、何事もなかったかのようにスタート地点にもどってきた。

前よりもっと艶のある元気そうな皮膚をしている。

「今度は、大蛇のほうも見てごらん」

大蛇は、トラックに頭の先をこすりつけていた。

「あっ！　脱皮だ！　脱皮を始めている」

少し新しい頭が出ると、そこから下はスルスルとズボンを脱ぐような感じだった。

大蛇は、また一回り大きくなっている。

「確かに珍しすぎる爬虫類……」

「脱皮した大蛇の抜け殻は、縁起のいい財布などになるのです」

「そういうことなのか。よっしー、第二レースもガチでゲットだ！」

ポロンと音がして、スマホに新しい「競トカゲ新聞」が表示された。

食物連鎖

その星はヘビだらけの星だった。

——これは不気味すぎる。

モニターを見た芝は肩を落とした。周囲には山らしきものはなく、広大な陸地を覆うヘビと、点在する沼だけが映っていた。

芝は宇宙旅行会社の若手社員。

宇宙船を操りながら、観光に適した星を探していたのだ。

この時代、ワープ航法が可能となり、宇宙のどこにでも行けるようになっていた。

それでも宇宙は広大で混沌としている。実際のところ、人間が一生かかっても回りきれないほどの星があった。

その中から面白い星を見つければボーナスが出て、添乗員から出世できる約束である。

芝はゲーマーなので、パソコンの操作には長けていた。その力を見込まれて、この調査を任されていたのだ。

宇宙船の操縦で問われるのは、パソコンの操作能力なのである。もちろん、行き先は未知の星ばかりなので、ハイリスクな命がけの仕事でもあった。

——こんな星では観光客を呼べるはずはない。

あきらめて帰ろうとしたそのとき、沼から生き物がぴょんと出てきた。

——カエル？　なるほど、こいつがヘビの餌なのか。

「あっ！」

芝が目を丸くした。

カエルがヘビを呑み込んだのだ。目にも留まらぬ早食いである。

ピーッピーッピーッ……。

パソコンの人型のアイコンが青く点滅し始めた。

『空気有、着陸可』の表示だ。

――一山当てることができるかもしれない。見送ると一生後悔する。

芝は迷わず着陸して調査を始めた。どこを見ても、知的生命体らしい姿は見当たらなかった。たくさんのヘビと、それを何匹も呑み込んだカエルがいるだけだ。

そこにまた、思わぬことが起こった。

沼にもどったカエルが、小さな生き物に襲われたのだ。それは沼の泥と同じ色をしていた。芝は近づいて目を凝らした。

――ヤゴ？　間違いない。トンボの幼虫だ。地球とは真逆じゃないか。

「あっ！」

さらに、そのヤゴも小さな魚に食べられていた。

「メダカだ！」

目の前で起こった事実は、地球とは正反対の食物連鎖だったのだ。

「この星は面白い！」

目を細めた芝は、メダカを捕ろうと沼に入り手ですくい始めたのだが……。

むしゃむしゃむしゃ……。

芝は沼の水で濡れた手に違和感を覚えた。

芝はすぐに沼から出ようとしたが、全く足が動かなかった。水中の足も、下から
だんだん奇妙な感覚になってきていたのだ。

むしゃむしゃむしゃ……。

「うあああああ！」

ほどなく、芝は沼の中に倒れ込んで……。

「美味い」

「美味い」

「美味い」

「ああ、メダカよりずっと美味い」

声の主たちは、透明な体で腕のような触角を持っていた。

お腹がダルマのように出っ張っている。

この星の頂点に立つプランクトン、ミジンコ星人である。

その知的レベルと食欲は、人間をはるかに超えていた。

「もっと食いたいな」

ミジンコ星人たちの透けた体の中で、腸がうねうねと動いた。

「あそこにこいつの宇宙船があるぞ」

ミジンコ星人たちは、我先にと宇宙船に乗り込んでいった。そのぴょこぴょことした動きは、まるで折れ線グラフのようである。

「仲間はいなかったぞ」

「残念だ」

「残念だ」

「残念だ」

「これがあるということは、添乗員をしていたようだな」

銀色の船内に旅行会社の旗が置かれていた。

『〇〇旅行、〇〇御一行様』と記されたレトロな旗である。

「ふふ、宇宙船もこの旗も、あるものは使ってやるとするか」

ピーッピーッピーッ……。

パソコンの人型のアイコンが青く点滅していた。芝の宇宙船が地球にもどってきたのだ。

船内では満員の乗客たちの歓声が響いた。

「腹ペコだ」

「腹ペコだ」

「腹ペコだ」

『グルメ旅行、ミジンコ星人御一行様』の旗がぴょこぴょこと揺れている。

デスマッチ

広い観客席に人間の姿はなく、ブタだけが埋め尽くすように座っていた。

顔だけでなく、全身がブタそのものの宇宙人だ。

やがて、リングには巨大なゴキブリが上がってきた。

――めっちゃデカすぎ。ボクはこんなヤツと戦うのか……。

瑛太が眉をひそめた。

今、地球は狡猾で冷酷なブタ星人の支配下にあった。圧倒的な科学の力を持つブタ星人は、ゴキブリをたったの三分で力士のような姿にした。特別なレーザーを照射して、遺伝子を改造したのである。

場内には、巨大なゴキブリへの大声援だけが響いていた。それに押しつぶされぬよう瑛太は目を閉じた。すると、昨日のことがフラッシュバックのように蘇ってきた。

「瑛太、お前はゴキブリと戦え。時間無制限、デスマッチだ。勝てば、人間を地球の支配者にもどしてやろう。ブヒヒ」

ブタ星人の声は、合成されたコンピューターボイスのようだった。

——平凡な高校生のボクを人類の代表に選ぶなんて……。でも、もうマジやるしかない。ボクなりの武器は仕込んできた。ガチファイトだ！

瑛太の喉仏がゴクリと動き、表情が引き締まった。

カーン！

ゴングが鳴ると同時に、瑛太はロープにとばされてラリアットを決められた。ゴキブリの脚が喉元に食い込んだのだ。

次は高く抱え上げられて、マットに叩きつけられた。強烈なボディスラムだ。コーナーポストに登ったゴキブリは、フライングボディプレスまでくりだしてきた。羽があるので、本当に飛んできて全体重を預けたのである。

――こいつはプロレスラーの遺伝子も注入されたに違いない。よし、プロレスなら少々の反則はオーケーだ。

瑛太はトランクスの内ポケットから小袋を出すと、中の生き物を放り投げた。主食がゴキブリという「アシダカグモ」である。最強のゴキハンターとしてその名を知られている。

突然の天敵の出現にゴキブリはコーナーまで下がった。

――ヤツはパニクってる。よし、でかくてもゴキブリはゴキブリだな。

「ブヒヒ」

ブタ星人のレフェリーが、アシダカグモをリングの外へ追い出した。それを見たゴキブリは、また瑛太に近寄ってきた。

瑛太は右足のシューズから容器を取り出し、中の液体をゴキブリにふりかけた。とたんにゴキブリの脚が止まった。その液体は「レモン汁」。ゴキブリが特に嫌う香りだ。

次は左足のシューズから包み紙を出した瑛太は、後ずさりするゴキブリにヘッドロックをかけた。頭部を絞められたゴキブリは、レモンの香りとのダブルパンチで明らかに弱っていた。

瑛太は、包みの中の白いものをゴキブリの口に押し込んだ。それは「塩」である。何でも食べるゴキブリだが、塩だけは食べない。食べると脱水症状を起こすのだ。

体を震わせたゴキブリは、ほどなくマットに沈んだ。

瑛太は、どうだと言わんばかりに両腕を突き上げた。

「ブー！ブー！」

憎悪をたぎらせたブーイングの嵐の中、レーザー銃を手にしたレフェリーが近寄ってきた。

「おい、俺たちがこんなブタのボディスーツを着ている理由がわかるか」

「えっ、それってボディスーツ……」

「そうだ。有害な紫外線よけだよ。お前たちがオゾン層を破壊したおかげでな」

レフェリーが口を歪めた。

「イタいこと言うなあ。でも、なぜそんなダサいブタの……」

「ブタは元々清潔を好む動物なのに、人間は汚いと差別しているじゃないか。戦う相手をゴキブリにしたのも同じ理由だ。お前ら人間は思い上がっている。政治のリーダーにも会ってみたが、物欲と虚栄心の塊のようなヤツだった。そもそも人間の文化などはなあ、成熟には程遠いレベルなのだよ。まあ、高校生のお前に言っても仕方ないことだけどな。さてと、レフェリーとしてお前に反則のペナルティを与える。これでもくらえ！」

瑛太に、あの特別なレーザーが照射された。

「お前は、あいつともう一戦やるのだ。ブヒヒ」

新たな相手がリングに上がってきた。瑛太の顔色が青ざめた。

それは、力士より巨大なアシダカグモだったのだ。場内は興奮のるつぼと化した。

——ボクの放ったヤツを、ソッコーで改造したのか。

カーン！

アシダカグモは、その名のとおりの長くて高い脚を進めてきた。じりじりと追いつめられ、ロープを背負った瑛太の足が止まった。その額からは汗がしたたり落ちている。

——もう仕込んでいる武器はアレだけだ。

瑛太はリングの下に降りると、秘かに隠しておいたスプレー缶を手にしてリングに上がった。
――これがボクの最終兵器だ。人間をなめるなよ。
危険を察したアシダカグモが、コーナーまで下がった。
――この勝負もらったぜ。あっ！
瑛太がスプレー缶を落とした。
その手が、トゲの生えた細い脚に変わってしまったのだ。
「ブヒヒ」
レフェリーがちらっと時計を見た。
レーザーの照射から三分が経っていた。
瑛太の体は脂ぎり黒く光っていた。
――ああ、ボクはキモいゴキブリにされてしまった。
巨大なアシダカグモが、鋭い牙から消化液をたらし始めた。
――ヤバい。このままでは食われてしまう。
瑛太の喉はカラカラに渇き、心臓が硬い音を立て始めた。
――何か方法は……そうだ！

瑛太はコーナーポストに登ると、羽を動かして急降下した。

「よっしー」

細いトゲトゲの脚で缶を拾い上げたのだ。強力な殺虫剤のスプレー缶だ。

プシュー！　一撃でアシダカグモはマットに沈んだ。

次の瞬間、観客のブタ星人たちが総立ちで拍手と歓声を送った。

ものすごいスタンディングオベーションだ。

天井からは、大量の花吹雪まで降ってきた。

――よっしー、ついに勝ったぞ。ブタ星人の評価も変わったようだ。地球はボクたちのものだ。ボクは、人類の歴史に名を刻んだのだ。やったぜー！

笑顔と涙の瑛太は、大きなガッツポーズを何度も繰り返した。

「ただいまの試合……」

レフェリーが声高らかに告げた。

「勝者はゴ・キ・ブ・リ！」

「はぁ？」

「これより、地球の支配者をゴキブリとする。ブヒヒヒヒヒ」

宇宙の果て

　宇宙船の中で、若い科学者が興奮していた。

——もうすぐ宇宙の果てに着く。果てはどうなっているのだろう。四次元の世界がある？　もしくは何もかもが混沌としている空間なのか？　どちらにしてもイメージできないな。ものの本によると、光の速さで百三十八億年進めば宇宙の果てにたどり着く。でも、宇宙は膨張し続けているので、そのときはもうはるか先まで果てが遠のいている。だから宇宙の果てに行くことはできない。うーん……。もしも「ある空間の中に宇宙がある」と考えると、「宇宙の外には何があるのか？」という疑問が生じる。だけど空間とは宇宙そのものなのだから、そもそも宇宙の外などという概念は存在しない？　うーん……。宇宙は謎に満ちている。まてよ、ミクロの世界には、これ以上分割できない素粒子がある。ミクロが有限なのだから、マクロの世界である宇宙も有限なのではないか。ひょっとして、果てにはもう一人の私がいるのでは？　それともこの宇宙は、巨大な生物の細胞の一つなのだろうか？

ＳＦ的な考えをこねまわしながらも、科学者はあと少しで宇宙の果てに……。

宇宙の果てでは、とある会議が開かれていた。

「もうすぐ人間がやってくる」

「彼は、タイムマシンの研究をしていたのでは？」

「その過程で、時空の歪みを利用して、超光速航法ができる宇宙船を開発してしまった」

「偶然から生まれた大発明だ。地球の科学者はたまにこういうことをしでかす」

「そうだとしても、彼はわきまえねばならない。わからないことは、わからないとしてよいのだ」

「そのとおりだ。この発明のおかげで次元が滑り、割れ、交錯してしまうかもしれない」

「そうなれば、時間が止まり、逆流したかと思えば、一気に未来へとワープしてしまうぞ」

「いかんな。これでは宇宙の秩序が保てない」

「今すぐ手を打たないと」

「彼の信仰は?」

「毎年クリスマスを祝い、神社に初詣もしている」

「いったい何を考えているのだ」

「典型的な日本人だよ」

「それなら、科学を補完する存在としての宗教はあるだろう」

「家には、ちゃんとした仏壇があるぞ」

「では、あなたが適任でしょう。よろしくお願いします」

あなたと呼ばれたお方が、手のひらを胸の前で合わせた。

その瞬間、宇宙船のシステムがクラッシュした。

科学者のまわりの景色がぐにゃりと歪んだ。

「うーん……」

カウンターに突っ伏していた科学者が顔を上げた。

「ここは、バーなのか?」

仄暗い店内には、浮世離れした品のいい空気が漂っていた。

「お客さん、お目覚めですね。いい夢でしたか?」

カウンターの向こうで、マスターがグラスをぬぐいながら微笑んだ。

「夜は長いですよ。もう一杯作りましょう」

マスターが、シェーカーをリズミカルに振り始めた。

「当店自慢の一品です。さあ、どうぞ」

それは、摩訶不思議な虹色のカクテルだった。

「うーん、何ともいえにゃい味ぎゃするぅ……」

科学者は、呂律《ろれつ》が回らぬ口調で視線を宙に泳がせた。

もうすべてのことが曖昧で、どうにも判然としない。

「お客さん、これは『宇宙の果て』という名のカクテルです」

マスターが、手のひらを胸の前で合わせた。

男脳

白帆に風を受け、大海原をヨットが走っていた。

真っ青な空には太陽が輝いている。ヨットは日本からサンフランシスコまでの長旅だ。

乗っているのは白髪の博士と助手のタロウ。タロウはドライバー系のロボットだが、博士が開発中の「男脳」を搭載していた。

「男と女では、脳の構造や使い方が根本的に違う」と、博士は考えていた。

タロウは男らしい脳を持つ世界初のロボットだったのだ。

この航海は男脳の働きの検証と、博士のヨットの趣味を兼ねたものなのである。
ヨットは自転車並みのスピードで航海を続けていた。博士はタロウの働きぶりをチェックしたり、時にはヨットの操縦を楽しんだりした。夜は星空を見ながら酒を飲むなどと、充実した快適な船旅だ。雨になれば、船室にこもり読書三昧をすればよい。

一方、タロウは眠ることなく二十四時間働き続けた。ロボットなので船酔いもしないし、水も食事も必要ない。

だが、男らしい脳を持っていることで、少しずつ活動のレベルが下がってきていた。博士の気楽さに嫉妬していたのだ。

男の嫉妬は国をも滅ぼすという……。

――プランどおりに事が運んでいる。いよいよここからが検証の本番だ。

博士からの連絡を受けて、近くの島に待機していたヘリコプターがやってきた。ほどなくヘリから縄梯子が垂らされ、ブロンドの若い女が下りてきた。博士の秘書のキャシーだ。

キャシーは、忍者のような身軽さでヨットに飛び乗った。ブロンドの長い髪が風に揺れた。男性誌のグラビアが飾れそうな美人秘書である。

それを見たタロウはがぜんやる気を出した。男脳にスイッチが入ったのだ。

一気に全ての活動レベルが上がった。

ものすごい集中力を発揮している。

――一目惚れした女に、いいところを見せようとしているな。能力をはるかに超えた働きぶりだ。これこそが男脳を搭載したねらいなのだ。いいぞ。

その後、嵐の日もあったが、タロウは力強く見事な働きを続けた。怒り狂った大波をものともせず、的確に風を読みヨットを操ったのだ。

やがてゴールのサンフランシスコが近づいてきた。

陸地が目の前になると、タロウの所作が落ち着かないものになってきた。

――着いたら、キャシーとはお別れだと思っているな。

到着後、博士がタロウに声をかけた。

「ご苦労さん。私はキャシーと飛行機で日本に帰ることにする。君とヨットはメンテナンスが必要だ。今から電源を切ることにするよ」

タロウは首を激しく左右にふった。

「君の気持ちはわからんでもないが、長い航海の後だからね。メンテナンスは、アメリカの技師に予約済みなのだよ」

突然、タロウが博士を突き飛ばし、キャシーの手を引いて逃げようとした。

「おい、何ということを」

次の瞬間、キャシーのパンチがタロウの顔面に入った。

メリメリ……ポキッ、ボトッ。

タロウの首が取れ地面に落ちた。

少し遅れて胴体もバタンと大の字に倒れた。

「ふぅ、危ないところだった。キャシー、ありがとう」

「とんでもないヤツですね」

キャシーが語気を荒げた。

「うーん、驚いたな。男脳が恋に落ちると、ロボット三原則まで忘れてしまうようだ」

「人間への安全性、命令への服従、自己防衛ですね」

「そうだ。原則が崩れるのは大問題だ。次の研究課題が見つかったよ。やはり、昔から恋は盲目というからな」

博士は落ちたタロウの首を拾うと、後頭部のボタンを操作した。ガラスを爪で引っ掻くような音とともに、ＡＩのチップが外れた。

博士はそれをポケットにしまった。

このチップを入れることで、どんなロボットでも男脳となるのである。

「キャシー、予定通り日本にもどることにしよう」

「了解です」

「ということは……」

博士が少し意地悪な口調で訊いた。

「帰りはキャシーと二人きりの空の旅だね」

「博士、お忘れですか？」

「えっ？」

キャシーは博士のポケットを指差した。

「おお、そうだった。長旅でつい忘れていたよ」

ＡＩのチップを見た博士は、白髪頭をかきながら言った。

「どうりでさっきのパンチは強烈だった。キャシーも男脳にしていたね」

「そうですよ。男に惚れられて手を引かれたら、ふつうの男なら怒りますよ」

ブロンドの髪をかきあげながら、元セクシー系のロボットがニコッと笑った。

博士は、キャシーから男脳のＡＩチップを外した。

スーパー寝袋

月夜の晩のこと。

いかつい顔の泥棒が、博士の研究室に入ってきた。

「おい、発明したという寝袋をよこせ。ノーベル賞級のものらしいな。調べはついているのだ」

ナイフを突きつけられた初老の博士は、言うことを聞かざるを得なかった。

「床の袋が、最新のＡＩを搭載したスーパー寝袋です。このリモコンで操作します」

博士がスタートボタンを押すと、小さく畳まれていた袋が一気に広がり寝袋になった。

泥棒はリモコンを奪い取ると、ポケットからひもを出して博士の手足を縛り上げた。

「俺が試してみる。ちゃんと使い方を説明しろ。そうすれば命だけは助けてやる」

泥棒が寝袋に入り①のボタンを押すと、自動で枕がセットされた。

「それは『そば殻枕』です。二回押すと『抱き枕』に変わります。三回押すとリセットされます。要領は後のボタンもほぼ同じです」

泥棒が②のボタンを押すと、それは敷布団のボタンで『木綿』と『低反発』が選べた。
③は掛布団で『羽毛』と『羊毛』の二種類だ。
④は眠りを誘う香りボタン。『アロマ』と『お香』の香りが用意されていた。
⑤はよい目覚めのためのBGMで『クラシック』か『鳥のさえずり』がセットできた。
⑥は空調ボタン。もちろん『冷房』と『暖房』である。
「ところで、電源はどこだ?」

「超小型のバッテリーを内蔵しています」

「充電はどうするのだ？」

「⑦のボタンです。昼は『太陽光発電』で、夜は『月光発電』にしてください。新型のムーンライトパネルは、今夜のような月夜なら余裕で働きます」

泥棒は感心した様子で⑧を押した。

「⑧は『防水』と『防火』機能です。寝袋は見えないシールドで守られています」

「すごいな。世界中どこでも野宿できるぞ」

「いえ、テロや地震があるかもしれません。そのときは⑨のボタンをどうぞ」

「うあっ！　これは何だ？」

「ガスマスクと防御服が装着されました。『毒ガス』と『放射能』対応の二種類です。二十四時間だけ使用できます」

「二十四時間をこえたら……」

「そのときは、⑩のボタンしかありません。押しますか？」

「もちろんだ。おや、寝袋が箱に変わったぞ」

「はい、軽い『合板』の箱です。もう一回押すと香りのいい『檜《ひのき》』になります」

泥棒が二回目を押すと、だんだん檜の香りが満ちてきた。

——一人用のシェルターに違いない。完璧だな。よし、これでリセットだ。

泥棒が三回目を押すと、カタッと音がしてあたりが真っ暗になった。

「今、箱の蓋《ふた》が閉まりました。もう外に出ることはできません」

「何だと！　おい、元にもどせ！」

「私は手足を縛られていますし、⑩のボタンだけはリセット機能がないのです」

目を白黒させる泥棒に、博士が冷静に告げた。

「⑩は寝袋を棺桶《かんおけ》に変えるボタンなのです。ふつうは、あとに残された家族が押すのですが……」

あとがきにかえて

奇妙な夢を見ました。

私は一人で森の中を歩いていたのです。地面は苔むし、枝葉が密生した昼なお暗い森です。おまけに霧まで立ち込めてきました。そのとき、「古本」という光る看板を見つけたのです。その古本屋のガラス戸は閉まっていて、店内には客の姿はありません。奥には、店主が眼鏡を鼻の先にずらして座っています。私はガラス戸を開けて、右側の本棚から眺め始めました。そこは、海外のショートショートの本で埋め尽くされていました。

「君は、ショートショートが好きかね?」

いつの間にか、鼻眼鏡の店主が横に立っていました。近くで見ると、哲学者めいた風貌の老人です。

「はい、こんなショートショートだけの本屋さんは初めてです」

「あっちにもいろいろと置いているよ」

左側の本棚に移動すると、日本のショートショートの本ばかりが並んでいました。

「おっ、2、3、5、7巻があったぞ」

私は、「ショートショートの花束」(阿刀田高編)という文庫のシリーズを見つけました。それらの中には、私の作品も収録されていたのです。私は文庫を手に取ると、ページをめくり始めました。

「あれ? どこにもない……」

どの本も、私のページだけが切り取られていたのです。

他のページは無傷なのに……。

「あのう、これは?」

そのことを告げると、店主は鼻眼鏡を外しボソッとした口調で言いました。

「前の持ち主がそうしたのだろうね」

「なぜでしょう?」

「たぶん、気に入ってスクラップでも……」

にんまりとした私は、記念にと文庫を四冊も買って店を出ました。

「個性的な店だったな。ひょっとしてネットにでているかも」

スマホで検索してみると、いくつかのヒットがありました。そのすべてがあの店主についてのものだったのです。『元大学教授で、世界中のショートショートを読んでいる』、『自分が評価した本だけを店に置いている』。私はまた、にんまりとしました。

しかし、その続きにはとんでもないことが書かれていたのです。

『店主は、鼻眼鏡を外すと本音を言わなくなる』、『店主は、自分が気に入らない作品を切り取って売っている』。

「何だって?」

ここで、目が覚めたのです。珍しく寝汗をかいていました。私にとっては、にんまりとはできない結末の夢でした。

でも、何となく夢の続きを見てみたい気もします。そのときは、私の単行本が置かれているのかを確かめたいものです。そして、切り取られたページがないかどうかも……。

さて、読者であるあなたの感想はいかがだったでしょうか？「目代のショートショートならまた読んでもいいかな」と言っていただけたとしたら、私は最上のにんまりです。

目代雄一

初出一覧

Ⅰ章

バアバの日記	季刊高知 №51
感じる人	季刊高知 №66

Ⅱ章

運命の人	季刊高知 №64
カレー対決	季刊高知 №67

Ⅲ章

お主も悪よのう	ほんのひとさじ vol. 5
食物連鎖	季刊高知 №65
宇宙の果て	季刊高知 №57
スーパー寝袋	季刊高知 №62

※本書は、初出に加筆修正したものを掲載しました。
　その他の作品はすべて書き下しです。

著者プロフィール

目代 雄一 （もくだい・ゆういち）

1958年、高知県生まれ。香川大学教育学部卒。35年間の学校勤務を経て、現在はショートショート作家。「にやり」「どきり」「ほっこり」の世界と、その余韻を楽しめるショートショートを作り続けている。本書は25篇の書き下ろしに、雑誌に初出の8篇を加えた3冊目のショートショート集。他の著書に『森の美術館』、『デビルの仕業』があり、単行本とともに電子版でも配信中。

装画　坂田 優子
装幀　大村 政之（クルール）
DTP　吉貝 悠
編集　田島 安江（書肆侃侃房）

ショートショートの小箱2
切手の贈り物

2018年5月29日 第1刷発行

著　者　目代 雄一
発行者　田島 安江
発行所　株式会社 書肆侃侃房（しょしかんかんぼう）
〒810-0041 福岡市中央区大名2-8-18-501
tel 092-735-2802　fax 092-735-2792
http://www.kankanbou.com　info@kankanbou.com

印刷・製本　大村印刷株式会社

©Yuichi Mokudai 2018 Printed in Japan
ISBN978-4-86385-316-4 C0093
落丁・乱丁本は送料小社負担にてお取り替え致します。
本書の一部または全部の複写（コピー）・複製・転訳載および磁気などの記録媒体への入力などは、著作権法上での例外を除き、禁じます。

ショートショートの小宇宙にはまった人は
別の人生を生きている気分になれる！
今度、思いもよらない穴に落ちるのは
あなたかもしれない。

ショートショートの小箱
「森の美術館」
目代雄一

四六判並製、168ページ
定価：本体1,300円＋税
ISBN978-4-86385-230-3　C0093　2刷

時には鬼、宇宙人、幽霊、妖怪、死神、地底人、デビル……などなどの奇妙な者たちの道案内であなたは「にやり」「どきり」「ほろり」の世界とその余韻が楽しめます！　全39篇。